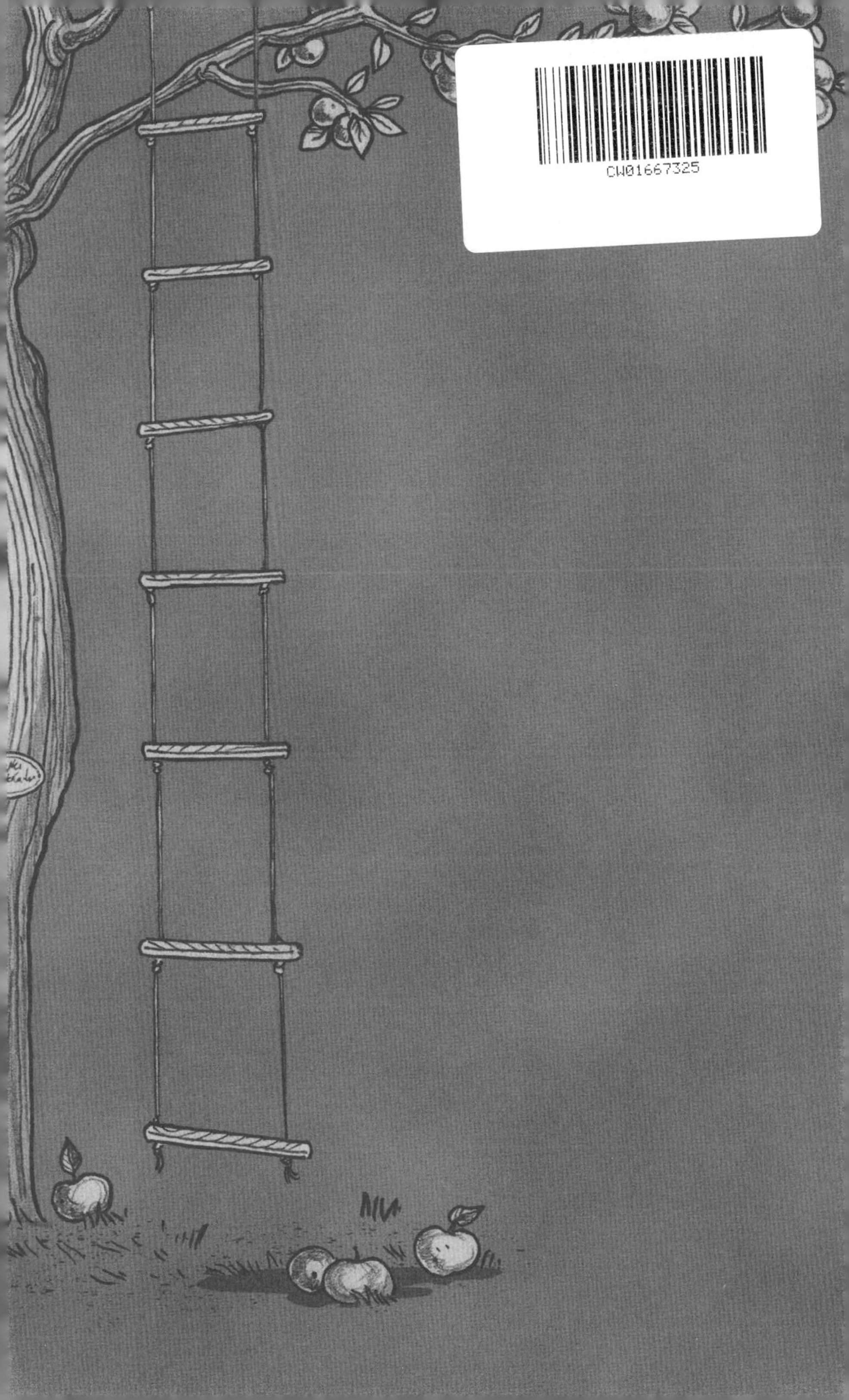

Sabine Städing

Petronella Apfelmus

Weitere Titel der Autorin:

Magnolia Steel – Hexendämmerung

Magnolia Steel – Hexenflüstern

Magnolia Steel – Hexennebel

Petronella Apfelmus – Zauberschlaf und Knallfroschchaos

Petronella Apfelmus – Schneeballschlacht und Wichtelstreiche

Petronella Apfelmus – Zauberhut und Bienenstich

Petronella Apfelmus – Hexenbuch und Schnüffelnase

Petronella Apfelmus – Schnatterganz und Hexenhaus

Petronella Apfelmus – Hexenfest und Waldgeflüster

Petronella Apfelmus – Zaubertricks und Maulwurfhügel

Titel in der Regel auch als E-Book erhältlich

Sabine Städing

Petronella Apfelmus

Verhext und festgeklebt

Mit Illustrationen von SaBine Büchner

Boje

MIX
Papier aus verantwortungsvollen Quellen
FSC® C014496

Dieser Titel ist auch als Hörbuch und E-Book erschienen

Originalausgabe

Umschlaggestaltung: Jana Rumold unter Verwendung einer Illustration von © SaBine Büchner
Innengestaltung und Satz: Christina Krutz, Biebesheim
Gesetzt aus der Adobe Caslon Pro
Druck und Einband: GGP Media GmbH, Pößneck

Printed in Germany
ISBN 978-3-414-82399-1

22 21 20 19 18

Sie finden uns im Internet unter: www.boje-verlag.de

Apfelhaus und Gurkenhut

Petronella Apfelmus traute ihren Augen nicht. Energisch nahm sie ihr goldenes Piratenfernrohr von ihrem linken Auge und polierte die Linse mit dem Zipfel ihres Ärmels.

»Unmöglich«, murmelte sie. Dann schaute sie noch einmal hindurch.

»Tatsächlich!« Da schlichen wahrhaftig fünf Gestalten durch ihren Garten und um die alte Mühle herum. Hatten die bei diesem Wetter nichts Besseres zu tun?

Der erste Herbststurm fegte über das Land, rüttelte an Türen und Fenstern, zauste die Blätter und fegte die ersten reifen Äpfel von den Bäumen.

Verbissen versuchte Petronella, das Fernrohr ruhig zu halten, was bei diesem Sturm gar nicht so einfach war. Schon gar nicht, wenn man in einem schwankenden Apfel saß. Ungeduldig schnippte sie mit den Fingern, und augenblicklich hatte das Schaukeln ein Ende. Denn Petronella Apfelmus war eine Hexe.

Keine gewöhnliche Hexe, wie man sie in jedem Märchen oder in jeder Geisterbahn findet. Nein, Petronella

Apfelmus war eine Baumhexe. Genauer gesagt, eine Apfelbaumhexe. Und wie es sich für eine Apfelbaumhexe gehört, lebte sie nicht in irgendeiner windschiefen Hütte oder einem angeknabberten Lebkuchenhaus, sondern ganz standesgemäß in einem Apfel. Ihr Apfelhaus hing hoch oben in einem prächtigen Apfelbaum, mitten in dem verwilderten Garten einer alten Mühle.

Seit Petronella den letzten Müller vergrault hatte, stand die Mühle still und das dazugehörige Müllerhaus leer. Petronella brauchte den Garten mit niemandem mehr zu teilen.

Aber jetzt waren da plötzlich diese fünf Menschen. Drei große und zwei kleine.

»Lucius!«, rief sie nervös. »Lucius, wo steckst du? Verflixt, nie bist du da, wenn man dich braucht!«

»Na, na, wo brennt's denn?« Verschlafen schob sich ein Hirschkäfer in Petronellas gute Stube.

»Es brennt nicht«, antwortete Petronella ungeduldig. »Aber da sind Menschen vor dem Müllerhaus.«

Umständlich drängte Lucius die Apfelhexe zur Seite und sah aus dem Fenster. »Warum nimmst du nicht ein anderes?«, murrte Petronella und rückte selbst einen Fensterplatz weiter. Jetzt war nicht die Zeit, mit Lucius zu streiten, denn das, was dort vor sich ging, bedeutete

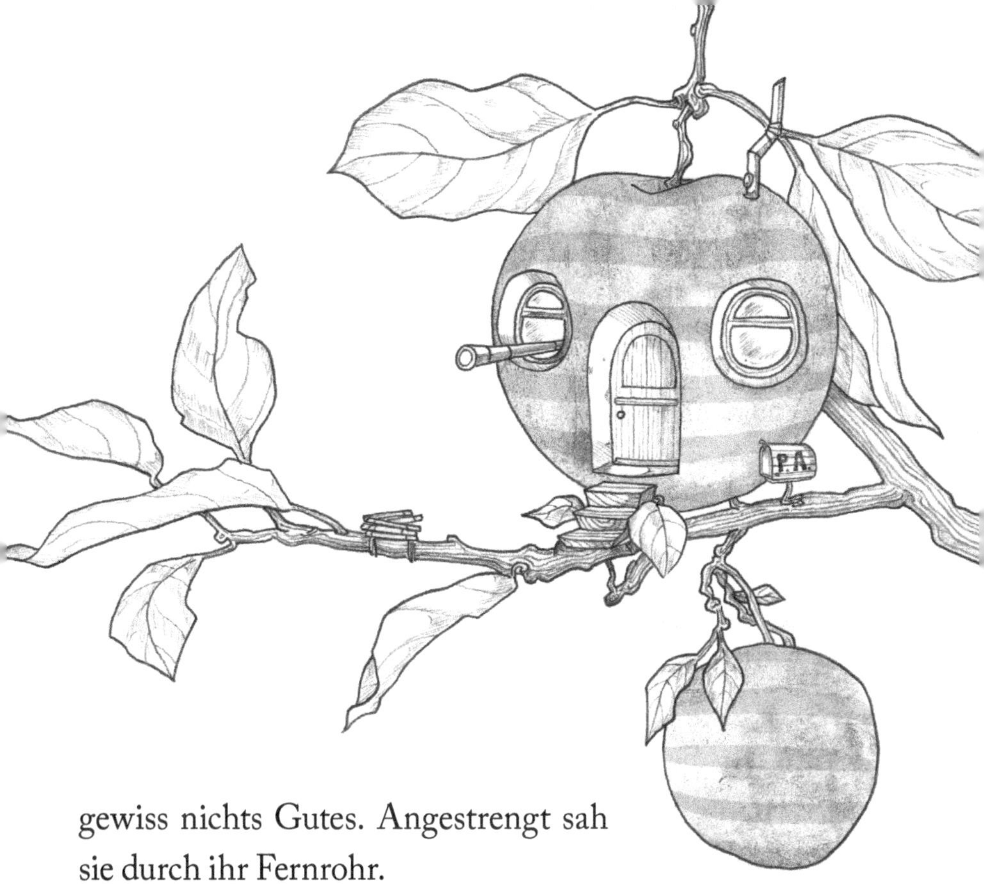

gewiss nichts Gutes. Angestrengt sah sie durch ihr Fernrohr.

»Den Mann im dunklen Anzug habe ich schon einmal gesehen«, sagte sie. »Damals, als Gisbert Mühlstein die Mühle verlassen hat, hat er ihm seinen Schlüssel gegeben.«

Jetzt schloss der Anzugmann mit einer großen Geste die Haustür zur Mühle auf und bat die anderen hinein.

»Den beiden kleinen Menschen ist kalt«, kommentierte Petronella weiter.

»Das sind Kinder.«

»Was?« Petronella sah Lucius ungeduldig an.

»Die kleinen Menschen sind Kinder«, erklärte er.

»Ihnen ist aber trotzdem kalt«, sagte Petronella.

Die beiden Kinder hatten die Schultern zu den Ohren hochgezogen und standen fröstelnd im kalten Wind. Trotzdem schüttelte die Frau, die zu der Gruppe gehörte, den Kopf. Sie wollte das Müllerhaus nicht betreten.

»Sehr vernünftig, die Gute«, kommentierte Petronella weiter. Doch dann zog sie der zweite Mann einfach am Ärmel hinein, und die Kinder trotteten hinterher.

»Es scheint sich um eine Familie zu handeln«, gab Lucius seine Eindrücke wieder.

»Mir egal«, schnaubte Petronella und ließ das Haus nicht aus den Augen.

Zwei Minuten später flog die Haustür wieder auf, und die Frau stürmte hinaus. Ihr Mann und die beiden Kinder folgten mit hastigen Schritten. Ganz zuletzt verließ der Mann im dunklen Anzug das Müllerhaus. Er schloss sorgfältig ab und ging der Familie nach.

Mit einem Stirnrunzeln nahm Petronella das Fernrohr von ihrem Auge. Langsam fing sie an, sich wirk-

lich Sorgen zu machen. Nur zu gut war ihr noch in Erinnerung, wie schwierig es gewesen war, Gisbert Mühlstein aus seiner Mühle zu vertreiben.

»Was hältst du davon?«, fragte sie.

Lucius wackelte mit dem Kopf. Er hatte sich noch keine endgültige Meinung gebildet.

»Wir müssen auf jeden Fall verhindern, dass sie dort einziehen«, erklärte Petronella bestimmt.

»Ich glaube, da brauchst du dir keine Sorgen zu machen. Du weißt doch, in welch erbärmlichem Zustand das Müllerhaus ist. Wer würde dort schon freiwillig einziehen?« Schwerfällig verließ Lucius seinen Platz am Fenster.

»Vermutlich hast du recht. Trotzdem sollten wir uns das Haus noch einmal genauer ansehen. Ich will mich davon überzeugen, dass das Dach tatsächlich so löchrig ist, wie ich es in Erinnerung habe. Am besten, wir drehen jetzt gleich eine Runde über die Mühle.« Entschlossen stand Petronella auf.

Ohne Lucius' Antwort abzuwarten, legte sie sich ihren grünen Umhang um, zog ihren schwarzen Hexenhut über beide Ohren und trat aus der Haustür. Behände hüpfte sie auf den dicken Ast darunter. Ungeduldig wartete sie auf Lucius, der bei diesem Wetter absolut kein Verlangen verspürte, aus dem Haus zu gehen. »Nun komm schon, Lucius! Oder willst du, dass ich von der nächsten Windböe vom Baum gepustet werde?« Grummelnd trat der Käfer vor die Tür und ließ sich auf den Ast plumpsen, wo Petronella ihn bereits erwartete. »Flieg los, mein Guter!«, rief sie vergnügt, nachdem sie auf seinem Rücken Platz genommen hatte.

Lucius startete sein tiefstes Käfergebrumm, nahm kurz Anlauf und stürzte sich dann in die Tiefe. Das war nicht ungefährlich, und Petronella musste ungeheuer aufpassen, nicht von seinem Rücken zu rutschen. Dann zog Lucius wieder an, schoss fast senkrecht in die Höhe und umkreiste einmal die Baumkrone, bevor er Kurs auf das Müllerhaus nahm.

Das Dach war leider in einem besseren Zustand, als Petronella es in Erinnerung hatte. Hier und dort fehlte zwar ein Dachziegel, was jedoch nicht bedeutete, dass es automatisch auch hineinregnete. Da würde sie kräftig nachhelfen müssen, sollten die Besucher beschließen, in das alte Haus einzuziehen.

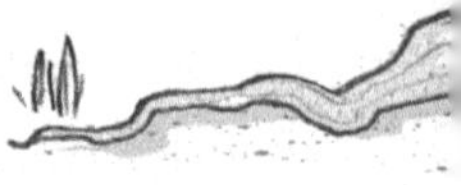

Nie und nimmer würde Petronella tatenlos zusehen, wie sich Menschen in der Mühle breitmachten. Menschen wie Gisbert Mühlstein und seine Frau. Menschen, die die alten Apfelbäume roden wollten, nur um einen freien Blick ins Tal zu bekommen. Menschen, die Rosen pflanzten, die nicht dufteten, und die ihren Rasen mit der Nagelschere schnitten. Menschen, die so viel Insektengift versprühten, dass nicht der kleinste Käfer überleben konnte. Kurz, Menschen, die ihre Gärten in seelenlose Schönheiten verwandelten.

Während Petronella noch ihren zornigen Gedanken nachhing, drehte Lucius eine letzte Runde über dem Dach der alten Mühle. »Hast du genug gesehen?«, rief er.

»Ja!«, schrie Petronella. »Und es ist schlimmer, als ich geglaubt habe. Das Dach ist dicht. Ich fürchte, ich muss Gurkenhut und seine Männer um Hilfe bitten. Bringst du mich hin?« Lucius nickte und nahm Kurs auf einen Apfelbaum, der am äußersten Ende des Gartens stand.

Gurkenhut war der älteste der Apfelmännchen. Er lebte, wie nicht anders zu erwarten, unter den Wurzeln

eines mächtigen Apfelbaums. Und war, genau wie die anderen seiner Art, für die Hege und Pflege der Bäume zuständig. Niemand sonst erkannte so früh die Anzeichen von Kragenfäule oder Apfelschorf wie ein Apfelmännchen. Sie waren die Hirten der Obstbäume. Und ein Apfelbaum, in dessen Wurzeln sich ein Apfelmännchen eingenistet hatte, durfte sich über ein langes Leben bei bester Gesundheit freuen.

Inzwischen war Lucius am Fuße des Apfelbaums gelandet und putzte seine mächtigen Fühler. Petronella rutschte umständlich von seinem Rücken und klopfte an eine kleine Tür, die hinter einer mächtigen Baumwurzel verborgen lag. Es dauerte eine Weile, dann wurde die Tür von einem kleinen braunen Männlein geöffnet, das wie ein dünnes Stöckchen mit Armen und Beinen aussah.

»Guten Abend, Gurkenhut«, begrüßte Petronella den kleinen Mann. »Ich hoffe, ich störe dich nicht bei einer wichtigen Arbeit?«

»Überhaupt nicht«, erwiderte Gurkenhut freundlich. »Ich freue mich, dass du mich bei solch einem Wetter besuchen kommst. Es ist genau die richtige Stimmung, um einander ein paar Schauergeschichten zu erzählen.« Gurkenhut liebte Schauergeschichten, aber nur, wenn er sich anschließend nicht auf den Heimweg machen musste und hinter seinem Besuch die Tür fest verschließen konnte. »Du kennst doch wieder eine richtig gruselige Schauergeschichte, oder?«

»Natürlich kenne ich eine neue gruselige Geschichte«, erwiderte Petronella. »Und die, die ich dir heute erzählen will, ist schauriger als alle, die ich dir bisher erzählt habe.«

Gurkenhut ließ sich behaglich in seinen Sessel plumpsen.

»Erzähl«, sagte er gespannt.

»Es waren heute Menschen in der Mühle!«, antwortete Petronella mit ernster Miene. Dann sagte sie nichts mehr.

»Und?«, fragte Gurkenhut. »Wurde einer von ihnen vom Mühlgeist verschlungen?«

»Unsinn«, erwiderte Petronella. »Sie waren da, um sich das Haus anzuschauen.«

»Und weiter?«, fragte Gurkenhut ungeduldig.

»Nichts«, gab Petronella zu und ließ sich in den Sessel neben Gurkenhut fallen. »Nach zwei Minuten haben sie die Mühle verlassen, als sei der Leibhaftige hinter ihnen her.«

»Ist das alles?« Nun klang Gurkenhut enttäuscht.

»Ja, verflixt noch mal, das ist alles!«, erwiderte Petronella gereizt. »Verstehst du nicht, was das bedeutet?«

Gurkenhut schüttelte den Kopf.

»Gisbert Mühlstein will das Haus vermieten. Über kurz oder lang werden dort wieder Menschen einziehen.« Petronella seufzte tief. »Ich darf das nicht zulassen. Und du und deine Männer, ihr müsst mir dabei helfen, sie zu vertreiben. Ihr kennt euch am besten mit dem Gebälk im Müllerhaus aus. Ihr wisst, wie man es in kürzester Zeit morsch werden lässt, ihr wisst, was getan werden muss, damit sich Fensterrahmen und Türen verziehen. Ihr könnt das Haus in kürzester Zeit krank machen.«

Gurkenhut kratzte sich am Kopf. »Du hast recht, das können wir. Aber es ist gegen unsere Natur. Wir Apfelmännchen sind dazu da, um Holz zu heilen, nicht, um es in kürzester Zeit zu zerstören. Trotzdem verspreche ich dir, dass du auf uns zählen kannst, wenn es sein

muss.« Denn auch Gurkenhut erinnerte sich nur zu gut an den letzten Müller. »Ich werde Karottenwams, Spargelzahn und den anderen von deiner Bitte berichten. Aber vielleicht kommt es gar nicht so schlimm, wie du befürchtest«, fuhr Gurkenhut fort.

»Ich wünschte, du hättest recht«, sagte Petronella und erhob sich aus ihrem Sessel.

»Was?!«, rief Gurkenhut da erstaunt. »Du willst schon gehen? Ist das dein Ernst? Nicht die allerkleinste gruselige Geschichte?«

Petronella seufzte und ließ sich zurück in den Sessel sinken.

»Also gut«, sagte sie. »Aber wirklich nur eine allerallerkleinste Geschichte.« Gurkenhut nickte.

»Ich weiß nicht, ob du sie schon kennst …«, fuhr Petronella fort und senkte die Stimme. »Aber sie geht so … In einem dunklen, dunklen Wald – da stand ein dunkles, dunkles Haus. In diesem dunklen, dunklen Haus – da war ein dunkler, dunkler Raum. In diesem dunklen, dunklen Raum – da stand ein dunkler, dunkler Tisch. Auf diesem dunklen, dunklen Tisch – da lag ein dunkles, dunkles Buch. In diesem dunklen, dunklen Buch – da stand mit dunkler, dunkler Schrift: ERSCHRICK DICH NICHT!!!« Die letzten Worte hatte Petronella gebrüllt und dabei mit der Hand auf den Tisch geschlagen. Gurkenhut, der bis dahin an ihren Lippen gehangen hatte, sprang vor Schreck aus seinem Sessel.

»Nein, Petronella!«, rief er und schnappte nach Luft. »Willst du mich umbringen? Ich hätte fast einen Herzschlag bekommen.«

Petronella grinste zufrieden. »Hast du nun genug von schaurigen Geschichten?«

»Für heute reicht's«, gab Gurkenhut mürrisch zurück. »Obwohl … Ich werde diese Geschichte gleich meinen Männern erzählen. Bin gespannt, ob sie sich genauso erschrecken wie ich.« Ein listiges Lächeln huschte über sein Gesicht.

Petronella stand auf und ging zur Tür. Gurkenhut begleitete sie.

»Ich glaube, du machst aus einer Mücke einen Elefanten«, sagte er gutmütig zum Abschied. »Schließlich sind die Menschen weggerannt. Höchst unwahrscheinlich, dass sie wiederkommen, um im Müllerhaus einzuziehen.«

Aber da hatte sich Gurkenhut gründlich geirrt.

Das Fledermauslauschohr

Ein paar Tage später, als der Sturm sich verzogen und jede Menge Äpfel vom Baum gepustet hatte, stieg Petronella in den Garten hinab. Sie benutzte dafür eine eigens angefertigte magische Strickleiter, die sie mit jeder Sprosse, die sie hinunterkletterte, größer werden ließ. Unten angekommen, stand sie in normaler Hexengröße da.

Tief atmete sie den speziellen Duft nach feuchtem Gras und reifem Obst ein. Sie liebte den Garten, den sie dem Müller abgerungen hatte. Außer den Apfelmännchen ahnte niemand, welchen Schatz er beherbergte. Uralte Apfelsorten hatten hinter seinen Zäunen überlebt. Hier wuchsen Herbstprinz, Winterrenette oder der Altländer Pfannkuchenapfel.

In einem kleinen runden Wohnwagen, der versteckt hinter hohen Brombeerhecken stand, bewahrte Petronella ihre Gartengeräte auf. Ein langer, wackeliger Tisch und ein genauso wackeliger Stuhl erleichterten ihr die Arbeit im Garten.

Heute wollte sie das Fallobst, das der Sturm heruntergepustet hatte, zusammenharken. Petronella hatte gerade mit der Arbeit begonnen, als sie ein Geräusch hörte, das sie herumfahren ließ. Motorengeräusch!

Hastig warf sie die Harke ins Gras und schaute vorsichtig hinter der dichten Brombeerhecke hervor. »Beim mächtigen Donnermann!« Ihre Ohren hatten sie nicht getäuscht. Ein Möbelwagen rollte auf den Hof und hielt schnaufend vor dem Müllerhaus. Die Türen öffneten sich und Menschen stiegen aus.

Zwei große und zwei kleine.

»Die Familie«, stöhnte Petronella in ihrem Versteck. »Ich hab's gewusst! Und jetzt?« Aufgeregt trat sie von einem Fuß auf den anderen. Fast wäre sie dabei auf zwei Apfelmännchen getreten, die gerade dabei waren, einige abgeknickte Ranken der Brombeere zu verarzten.

Gurkenhut und Spargelzahn rettete nur ein beherzter Sprung hinter die Hecke.

»He, Petronella! Willst du uns in den Boden stampfen?!«

»Wa… Was?« Erschrocken fuhr die Hexe herum. »Gurkenhut, Spargelzahn! Habe ich euch verletzt?!«

»Gerade noch mal gut gegangen«, murrte Spargel-

zahn und klopfte sich die Hosen ab. »Weshalb springst du hier so herum?«

»Die Menschen sind da«, flüsterte Petronella aufgeregt.

Spargelzahn und Gurkenhut linsten nun ebenfalls hinter den Zweigen der Hecke hervor. »Vielleicht sind sie nur auf der Durchreise oder sie haben sich verfahren«, sagte Gurkenhut nach einer Weile.

»Auf der Durchreise? In einem Möbelwagen?«, wunderte sich Spargelzahn.

Trotzdem schöpfte Petronella sofort Hoffnung. Vielleicht war die Familie tatsächlich nur auf der Durchreise oder hatte sich verfahren. Das würde sie natürlich gleich sehr viel sympathischer machen. Petronella spitzte die Ohren. Zu dumm, dass sie in ihrem Versteck nicht hören konnte, was dort gesprochen wurde. Sie

musste näher an die Menschen heran. In einem günstigen Augenblick huschte sie hinter den dicken Stamm eines Apfelbaums. Stamm für Stamm pirschte sie sich so näher an den Möbelwagen heran.

Die ersten Worte, die Petronella dann vernahm, ließen ihre Hoffnungen wie Seifenblasen zerplatzen.

»Das Haus liegt am Arsch der Heide«, sagte der Junge und kickte mit dem Fuß gegen einen Kieselstein. »Ich will hier nicht wohnen! Um zum Fußballtraining zu kommen, muss ich erst eine halbe Stunde mit dem Bus fahren.« Das Mädchen, das genauso groß war wie der Junge, sagte nichts.

»Nun komm schon, Luis, ich dachte, die Sache wäre geklärt.« Sein Vater strich ihm über den Kopf. »So schlimm ist es hier nun auch wieder nicht. Schnapp dir einen Karton und trag ihn hinein. Ein anderes Haus können wir uns nun mal nicht leisten.« Wortlos griffen sich beide Kinder einen Umzugskarton und trugen ihn ins Haus. Kurz darauf hörte man einen Schrei. »Iiiiii!« Das Mädchen stürzte aus der Haustür. »In meinem Zimmer sitzen fünf soooo fette Spinnen.« Ihre Hände zeigten ungefähr die Größe eines Schuhkartons. »Ich geh da auf keinen Fall wieder rein!«

»Stell dich nicht so an, Lea«, sagte ihre Mutter und

schob den Karton, den sie gerade in den Händen hielt, zurück in den Umzugswagen. »Komm, wir sehen zusammen nach!« Gemeinsam gingen sie ins Haus.

Kurz darauf folgte ein zweiter Schrei. »Paul, Paul, komm schnell! In Leas Zimmer sitzen wirklich fünf riesige Biester. Du musst sie einfangen und raussetzen!«

Petronella hatte genug gehört. »So, ihr habt also Angst vor Spinnen«, murmelte sie. »Dann will ich doch mal sehen, ob ich nicht noch ein paar davon auftreiben kann.« Sie lächelte garstig und begann mit dem Rückzug. Hastig kletterte sie die magische Strickleiter hinauf und zog sie nach oben. »Lucius!«, rief sie aufgeregt. »Lucius! Etwas Schreckliches ist geschehen!« Tiefes Brummen kündigte den Käfer an, dann landete er mit Karacho neben Petronella auf dem Ast. Erschrocken zog die den Bauch ein. »Meine Güte, pass doch auf! Es ist wirklich ein Wunder, dass bei deinen Landungen noch niemand ums Leben gekommen ist.«

Beleidigt putzte sich Lucius sein mächtiges Käfergeweih. »So, meinst du? Bisher bist du mit mir noch immer heil gelandet.«

»Ich habe einen Auftrag für dich«, ging Petronella darüber hinweg. Sie hatte keine Lust, sich mit dem Käfer zu streiten.

»Ach so, du hast einen Auftrag für mich. Zu dumm, dass ich keine Aufträge von undankbaren Hexen annehme. Wenn du mich allerdings höflich bitten würdest …«

Petronella atmete tief durch. »O. k., o. k.! Also, ich habe eine Bitte, zufrieden?«

»Schon besser.«

»Die Familie zieht ins Müllerhaus.«

Lucius horchte auf. »Machst du Witze?«

»Danach ist mir nicht zumute«, erwiderte Petronella. »Ich muss wissen, was in dem Haus passiert. Deshalb möchte ich dich bitten« – das »bitten« betonte Petronella ganz besonders – »das große Fledermauslauschohr auf dem Dach zu befestigen. Vielleicht finden wir so eine Möglichkeit, sie schnell wieder zu vertreiben.«

»Kein Problem«, sagte Lucius ohne weitere Zickereien. Wenn es darauf ankam, konnte man sich eben auf ihn verlassen.

Schnell zog Petronella aus ihrer tiefen Jackentasche das Ohr heraus und gab es an Lucius weiter. »Am besten setzt du es auf das Dach, dann kann ich hören, was im Haus und drum herum gesprochen wird«, sagte sie. Augenblicklich brauste Lucius los.

Auf dem Dach klebte er das Fledermauslauschohr direkt an den Schornstein. Sofort fing es an, sich zu entfalten. Es wurde groß und immer größer, bis es die Größe einer Satellitenschüssel erreicht hatte. Dann nahm es seine Arbeit auf.

Familie Kuchenbrand

Lea und Luis Kuchenbrand waren Zwillinge. Eigentlich hätte es heißen müssen Luis und Lea, denn Luis war zwei Stunden älter als seine Schwester und deshalb auch meistens der Bestimmer, wenn sie einmal verschiedener Meinung waren. Heute waren sie sich jedoch einig.

»Dieser Tag ist so schön wie ein Besuch beim Zahnarzt«, hatte Luis beim Frühstück gesagt, und Lea konnte ihm nur aus vollem Herzen zustimmen. Denn heute zogen sie ins Müllerhaus.

Das Haus lag vor den Toren der Stadt und war genau so, wie sie es nach ihrem ersten Besuch in Erinnerung hatten. Klein, muffig, und es zog durch alle Ritzen. Aber ihre Mutter meinte, wenn sie erst kräftig geputzt und sich mit ihren Sachen breitgemacht hätten, würde es schon gehen.

Lea war sich da nicht so sicher. Sie hatte sich gerade ein Zimmer ausgesucht, in das sie einziehen wollte, als sie die Spinnen entdeckte. Fünf Stück, die dick und fett an der Decke hockten. In jeder Zimmerecke eine, die fünfte wartete in der Mitte.

Lea hasste Spinnen. »Hier ziehe ich nicht mal für eine Minute ein!«, verkündete sie daher sofort. Da nützte es auch nichts, dass ihr Vater die Biester einfing und im Garten wieder aussetzte.

Lea weigerte sich so lange und so beharrlich, ihr Zimmer zu betreten, bis sie bei ihrem Bruder schlafen durfte.

»Du kannst bei mir einziehen«, sagte Luis gönnerhaft. »Aber nur, bis dein Zimmer spinnensicher ist. Und nur wenn du versprichst, dich ordentlich zu benehmen.«

Insgeheim war er ganz froh, die ersten Nächte nicht allein schlafen zu müssen, denn das Haus machte manchmal so komische Geräusche.

Die Umgebung rundherum gefiel ihm auch nicht besonders. Es war schon seltsam, dass es keine Nachbarn gab oder Kinder, mit denen man spielen konnte. Hier gab es nur einen wilden Garten, eine alte Mühle und einen schwarzen Teich gleich hinter dem Müllerhaus.

Lea schien sich nicht daran zu stören, dass das Haus so einsam lag. Eine Weile vertrieb sie sich die Zeit damit, Steine in das dunkle Wasser zu werfen, dann setzte sie sich ins Gras.

»Vielleicht ist es hier doch gar nicht so schlimm«, meinte sie nach einer Weile.

Luis sah sie erstaunt an. »Ist das dein Ernst?«

Lea nickte. »Ich finde, dieser Teich sieht irgendwie verwunschen aus. Vielleicht wohnt hier eine Nixe, die in Wirklichkeit eine verzauberte Prinzessin ist.«

Luis schlug sich vor die Stirn. »Du liest wirklich zu viele Märchen. Darin wohnt bestimmt keine Prinzessin, eher ein schuppiger böser Wassermann. Der nachts … pitsch, patsch … aus seinem Teich steigt, um dich ins Wasser zu ziehen.« Er lachte böse, denn er wusste, wie

leicht sich seine Schwester gruselte.

»Hör auf!«, rief Lea prompt und sprang auf. »Erzähl nicht immer so ekelige Geschichten. Ich gehe mir jetzt den Garten ansehen. Du kannst ja hierbleiben und auf deinen Wassermann warten.«

Dazu hatte Luis allerdings keine Lust. Schnell lief er seiner Schwester hinterher.

Lea mochte auch den Garten. Er sah genauso aus,

wie sie sich einen Garten für Kobolde und Feen vorstellte. Außerdem gab es hier Äpfel und Beeren in Hülle und Fülle.

»Die Brombeeren schmecken gut! Probier mal«, meinte sie und hielt ihrem Bruder ein paar Beeren unter die Nase.

Luis schüttelte den Kopf. Er machte sich nicht besonders viel aus Obst. Ehrlich gesagt, trank er Obst am liebsten als Smoothie. Da brauchte man nicht lange zu kauen, sondern musste nur noch schlucken.

»Ob der Garten jetzt uns gehört?«, fragte Lea.

Luis zuckte mit den Schultern. »Keine Ahnung, da musst du Mama fragen.«

»Mama!«, rief Lea und winkte ihre Mutter heran.

»Wow! Sind das viele Apfelbäume«, sagte die, als sie bei den Kindern ankam. »Und jeder hat an seinem Stamm ein kleines Messingschild. Habt ihr das schon gesehen?« Neugierig kamen Lea und Luis näher. Tatsächlich. An jedem Stamm war ein kleines Schild befestigt, auf dem seine Apfelsorte eingraviert war. Die Bäume hatten so lustige Namen wie Herbstprinz, Berliner Schafsnase und Rote Winterrenette. »Da hat sich aber jemand viel Mühe gemacht«, sagte Frau Kuchenbrand.

»Gehören die jetzt alle uns?«, wollte Lea wissen.

»Ich glaube schon, dass der Garten zur Mühle gehört.«

»Aus den Äpfeln kannst du sicher viele Tonnen Apfelmus machen«, bestätigte Luis.

»Oder Apfelmarmelade, Apfelsaft, Apfelkuchen, Apfelkompott, Apfelpfannkuchen ...«, meinte Lea.

»Hört auf!«, rief ihre Mutter lachend. »Wenn ich in meinem Leben nichts anderes mehr vorhabe, sicher! So, und jetzt kommt ins Haus. Wir wollen Abendbrot essen, sollte ich jemals den Karton finden, indem die Teller und Messer stecken.« Gemeinsam verließen sie den Garten.

Grimmig ließ Petronella ihr Fernrohr sinken. Sie hatte genug gehört und gesehen. Höchste Zeit, dass sie sich etwas einfallen ließ.

Unter ihrem Bett bewahrte sie eine Kiste auf, die sie »meine Schatztruhe« nannte. In dieser Truhe lagen allerlei nützliche Dinge, die eine Hexe zum Zaubern brauchte. Zuallererst war da mal der Zauberstab. Ohne den ging gar nichts. Dann gab es da noch Amulette, Knallfrösche, Nebelgeister in Dosen oder (und das fand Petronella in diesem Fall besonders geeignet) Gummispinnen. Handtellergroß. Denen brauchte man nur etwas Leben einzuhauchen, und schon konnte der Spaß beginnen.

Sollte das die Familie noch immer nicht überzeugen, auf der Stelle wieder auszuziehen, konnte man sich ja steigern. Petronella hatte da noch ein paar ausgezeichnete Ideen. Doch zuerst kam der Zauber mit den Spinnen. Der würde bestimmt ausreichen, um ihnen schlotternde Knie zu bescheren.

Petronella wartete, bis die Kinder ins Bett gegangen waren, und ließ dann ihre Strickleiter herunter. Mit jeder Sprosse, die sie weiter nach unten kletterte, wurde sie größer.

Wie ein Schatten huschte sie durch den nachtschwarzen Garten. An der Haustür warf sie einen kurzen Blick auf das Namensschild, das der Vater dort angebracht hatte. *Familie Kuchenbrand* stand da in geschwungenen Buchstaben. Petronella nickte. Jetzt wusste sie wenigstens, mit wem sie es zu tun hatte. Leise schlich sie ums Haus und spähte in die erleuchteten Fenster.

Im Wohnzimmer wischte Maike Kuchenbrand den Boden, während ihr Mann Paul vergeblich versuchte, ein Feuer im Kaminofen zu entfachen. Außer schwarzem Qualm, der sich im ganzen Zimmer verteilte, brachte er jedoch nichts zustande.

Petronella grinste. Sie wusste, dass der Qualm mit dem alten Krähennest zusammenhing, das sie schon zu Gisbert Mühlsteins Zeiten in den Schornstein gestopft hatte.

Um schon einmal in Übung zu kommen, ließ sie mit einem einzigen Fingerschnippen ein schweres Holzfass auf dem Dachboden hin und her rollen. Das träge Rumpeln war bis in den Garten zu hören.

Prompt richtete Maike Kuchenbrand sich kerzengerade auf. »Was war das?«, fragte sie mit spitzer Stimme.

Petronella lächelte böse und ließ das Fass wieder an seinen Platz zurückrollen.

»Das Geräusch kam vom Dachboden. Es klang, als würde etwas über den Boden rollen«, antwortete Paul Kuchenbrand. Auch er wirkte angespannt.

»Was kann das sein?«, fragte seine Frau.

Paul Kuchenbrand zuckte mit den Schultern. »Vielleicht Ratten.«

»Ratten?!!!«, schrie seine Frau.

»Ich weiß nicht. Vielleicht ist auch nur etwas umgefallen.«

»Und? Willst du nicht nachsehen?«

Paul Kuchenbrand schüttelte den Kopf. »Nur wenn du mitkommst. Schließlich hast *du* den blauen Gurt in Karate und nicht ich.«

»Gut«, sagte Maike Kuchenbrand und nahm ihren Schrubber fester in die Hand. »Hol deine Taschenlampe und dann komm.« Gemeinsam schlichen sie über den dunklen Flur und stiegen die Treppe zum Dachboden hinauf.

»Die wären eine Weile beschäftigt«, murmelte Petronella und ging zwei Fenster weiter, zu dem Zimmer, in dem die Kinder wohnten. Ihre Hexenaugen brauchten kein Licht. Im Dunkeln konnte sie sehen, dass die beiden kleinen Kröten friedlich schliefen. Nun, das würde sich gleich ändern.

Die Holzrahmen der Fenster waren so verzogen, wie Petronella sie in Erinnerung hatte. In der untersten Ecke war sogar ein handbreiter Spalt. Und durch diesen Spalt schickte sie ihre gummibeinigen Freunde.

Sie strich sich dreimal mit dem Zauberstab über den Ärmel und schon bewegte sich etwas darin. Einen Moment später kroch eine riesige schwarze Spinne heraus. Dass diese Spinne nur aus Gummi war und Petronella sie vor Jahren in einem Scherzartikelladen gekauft hatte, konnte man beim besten Willen nicht erkennen. Petronella ließ die Spinne durch den Fensterspalt zu den Kindern ins

Zimmer krabbeln. Der Gerechtigkeit halber schickte sie gleich noch eine zweite hinterher.

Kaum waren die Spinnen im Zimmer, wurden sie ungeheuer schnell. Sie flitzten über den Boden, krabbelten an der Wand hinauf bis an die Decke und ließen sich an einem dicken schwarzen Faden herunter. So tief, dass sie den Kindern nur wenige Zentimeter vor dem Gesicht baumelten.

»Zeit aufzuwachen, ihr Herzchen«, murmelte die Hexe.

Lea wusste nicht, was sie geweckt hatte. Sie lag in ihrem Bett und blinzelte zwischen halb geschlossenen Augenlidern hervor. Luis atmete ruhig und gleichmäßig. Sie brauchte bloß ihren Arm auszustrecken, dann konnte sie sein Bett berühren. Das

war ein gutes Gefühl. Ein Zimmer bei Nacht ist so ganz anders als ein Zimmer bei Tag. Und ein fremdes Zimmer, in dem sich noch die Umzugskartons stapeln, ist besonders unheimlich.

Lea ließ ihren Blick zum Fenster wandern und erschrak. Einen winzigen Augenblick glaubte sie, ein Gesicht am Fenster gesehen zu haben. Dann war es weg. Dafür hörte sie leises Trappeln wie von hundert kleinen Füßen. Einen Moment war alles still, dann zwickte sie etwas in die Nase.

Lea schrie auf und saß senkrecht im Bett.

»Äääh, was ist das!!!?« Das kam von Luis. Er war

ebenfalls aufgewacht und schlug wild um sich.

Lea knipste das Licht an. Und dann kreischte sie, wie sie noch nie in ihrem Leben gekreischt hatte.

Von der Decke, direkt über ihrem Kopf, hing eine Spinne, die so groß war wie ein Unterteller.

Blitzschnell zog sie sich die Bettdecke über den Kopf und schrie: »Luis!!! Mach sie tot … Mach sie tot, aber tu ihr nicht weh!!! Mama! Papa!«

Plötzlich traf sie ein Schlag, dann noch einer und noch einer. Kurz darauf kamen Mama und Papa hereingestürmt.

»Luis! Bist du verrückt geworden? Leg sofort deinen Federballschläger weg, und hör auf, deine Schwester zu verprügeln!«

»Die sind aus Gummi!«, hörte Lea ihren Bruder fassungslos sagen. Vorsichtig schaute sie unter ihrer Bettdecke hervor. Da stand Luis und schlug wie ein Rumpelstilzchen auf das schwarze haarige Teil ein, das vor ihm auf dem Boden lag. Bei jedem Schlag hüpfte das Ding wie ein Flummiball in die Luft.

»Die sind aus Gummi!«, rief Luis noch einmal.

Jetzt sah Lea es auch. Mit spitzen Fingern griff sie das schwarze Ding, das auf ihrer Bettdecke lag, und hielt es an dem Gummifaden in die Luft.

»Wie kommen die denn hierher?«, wollte ihre Mutter wissen. Lea und Luis sahen sich ratlos an.

Petronella musste sich eine Faust in den Mund stopfen, um nicht laut herauszulachen. Schnell lief sie zurück zu ihrem Apfel, und erst als sie die Tür hinter sich geschlossen hatte, ließ sie ihrem Gelächter freien Lauf. Sie lachte so lange und so laut, dass ihr die Tränen über die Wangen liefen.

»So, wie es sich anhört, hattest du Erfolg«, stellte Lucius fest.

»Es war herrlich, mein Guter!«, rief Petronella. »Du hättest ihre ratlosen Gesichter sehen müssen! Und das war erst der Anfang.«

Schattenspiele

In der nächsten Woche ließ Petronella die Familie in Ruhe. Sie hatte genügend damit zu tun, deren Tagesablauf auszuspionieren. Das war wichtig, um nicht irgendwann entdeckt zu werden.

Die Eltern waren dabei kein Problem. Die Mutter arbeitete tagsüber in einem Bistro, und der Vater lag meistens bis mittags im Bett. Erst kurz bevor die Kinder aus der Schule kamen, stand er auf und schlurfte in die Küche, um das Essen vorzubereiten.

Die größte Gefahr waren die Kinder, so viel stand fest. Sobald sie aus der Schule kamen, stromerten sie um die Mühle und im Garten herum. Nicht dass Petronella dafür kein Verständnis gehabt hätte. Im Gegenteil. Nach ein paar Tagen stellte sie erstaunt fest, dass sie sogar anfing, darauf zu warten, dass die beiden in den Garten kamen. Trotzdem, so konnte es nicht weitergehen.

Der Junge und das Mädchen waren neugierig wie junge Frettchen. Den Wohnwagen hatten sie bereits entdeckt. Und jetzt fingen sie auch noch an, mit Begeisterung auf die Bäume zu klettern. Die Gefahr, eines Tages gesehen zu werden, war einfach zu groß.

Noch am selben Abend schickte Petronella Lucius zu ihren Schwestern in den Osten. Die drei waren von Beruf Wetterhexen, und Petronella bestellte bei ihnen für den Abend ein richtig saftiges Gewitter mit Sturm, Blitz und jeder Menge Donner.

Zur selben Zeit saß Familie Kuchenbrand im Müllerhaus beim Abendbrot und ahnte nichts von den dunklen Wolken, die sich über ihren Köpfen zusammenbrauten.

»Der Garten ist viel besser, als ich gedacht habe«, erklärte Luis gerade mit vollem Mund. »Man kann da super auf die Bäume klettern. Lea und ich wollen uns morgen ein Baumhaus bauen. Nicht, Lea?«

Lea schüttelte den Kopf. »Ich will kein Baumhaus bauen. Ich finde das blöd. Wenn du ein Baum wärst, hättest du auch keine Lust, dass jemand kommt und dir ein paar olle Bretter zwischen deine Äste nagelt.«

»Oh Mann, du bist ein richtiges Mädchen! Warum habe ich keinen Bruder bekommen?«, stöhnte Luis. »Dann frage ich eben Ole und Jonas, ob die Lust haben mitzumachen. Und wenn das Baumhaus fertig ist, darfst du nicht mit rein.«

»Das ist mir egal, denn es wird nicht fertig!«, sagte Lea und biss in ihr Schwarzbrot. »Wir haben im Garten übrigens einen Wohnwagen entdeckt.«

»Einen Wohnwagen?« Ihre Eltern sahen sie erstaunt an.

»Und wohnt da jemand?«, fragte Papa.

Lea und Luis lachten. »Ja, da wohnt der Grüffelo«, sagte Luis.

»Da wohnt niemand, aber es sind jede Menge Gartengeräte drin, und ein Tisch und ein Stuhl stehen auch davor«, sagte Lea.

»Und jemand hat die heruntergefallenen Äpfel zusammengeharkt«, ergänzte Luis.

»Seltsam, das klingt ja, als ob sich noch immer jemand um den Garten kümmern würde«, wunderte sich ihre Mutter.

Währenddessen wartete Petronella ungeduldig auf Lucius' Rückkehr. Dann endlich kündigte ein tiefes Brummen sein Kommen an.

Die Hexe eilte zur Haustür und ließ den Käfer herein. »Und?«, fragte sie gespannt. »Hast du meine Schwestern getroffen?«

Lucius nickte. »Sie lassen schön grüßen und richten dir aus, dass du sie ruhig einmal wieder besuchen könntest.«

Petronella winkte ab. »Ach was, ich war gerade dort. Ein Besuch bei ihnen ist wirklich kein Spaziergang. Es dauert Stunden, bis man sich zu ihrer Bergspitze durchgekämpft hat. Hagel, Sturm, Gewitter … Man sieht aus wie nach einem Ringkampf mit einem Troll, wenn man bei ihnen ankommt.«

»Ach so, du hattest keine Lust, nass zu werden, deshalb schickst du mich.« Lucius überlegte kurz, ob das ein Grund war, eingeschnappt zu sein. Dann entschied

er sich anders. »Das mit dem Gewitter um Mitternacht geht klar. Sie haben gefragt, ob auch Nebel dabei sein soll. Ich habe ihn gleich mitbestellt.«

»Das hast du gut gemacht, Lucius. Wir ziehen heute Nacht alle Register. Vielleicht könntest du dich ebenfalls bereithalten?« Lucius war eine äußerst wirkungsvolle Erscheinung, wenn er sich in erleuchteten

Nebelschwaden auf die Hinterbeine stellte und seine Silhouette riesengroß wirkte. Besonders seine Greifzangen waren dann ungeheuer furchteinflößend.

Im Müllerhaus war es inzwischen still geworden. Und außer Petronella hörte niemand das Gewitter, das schnell über das Land heranzog und in seinem Gepäck Hagel, Blitz und dichten Nebel mitbrachte. Die kleine Hexe rieb sich die Hände. »Es ist so weit, Lucius. In wenigen Minuten kann das Spektakel beginnen.«

Heute Abend benutzte sie nicht die magische Strickleiter, denn Petronella wollte nicht entdeckt werden. Umständlich kletterte sie auf Lucius' Rücken und flog mit ihm zu der großen Weide, die direkt vor dem Zimmer der Kinder stand.

»Gleich wirst du sehen, was für einen feinen Spuk ich mir ausgedacht habe«, kicherte die Apfelhexe.

Der Käfer warf einen langen Blick in das Fenster der Kinder. »Schau nur, wie friedlich sie schlafen.«

»Pah«, schnaubte Petronella. »Wären sie nicht hier eingezogen, könnte ich auch friedlich schlafen.« Geflissentlich ignorierte sie das kleine, störende Gefühl, das sich in ihrem Innern regte. Ein schlechtes Gewissen konnte sie jetzt nicht gebrauchen.

Inzwischen hatte das Gewitter die Mühle erreicht.

Petronella zückte ihren Zauberstab und winkte den Nebel heran. Er war so dicht, dass er absolut alles verschluckte. Man sah kein Müllerhaus mehr, keine Apfelbäume, keinen Teich und schon gar keine Petronella, die hoch oben in der Weide saß.

»Wiege dich, alte Weide. Lass deine Zweige tanzen im Wind!«, rief sie und lockte mit ihrem Zauberstab auch den Sturm heran. Der brauste in Böen mit Getöse ums Haus und fuhr so kräftig in die Zweige der Weide, dass diese wie klopfende Finger gegen das Fenster schlugen.

Dann deutete Petronella in die Wolken. Augenblicklich zuckten die Blitze wie Feuerwerk über den Himmel. »Dein Auftritt, Lucius!«, rief sie mitten in das Getöse hinein.

Trotz des Sturms lag der Nebel wie ein weißes Tuch über dem Garten. Von den Blitzen erleuchtet, war er die perfekte Leinwand für ein unheimliches Schattenspiel. Petronella ließ ein letztes Mal ihren Zauberstab kreisen, und Lucius' Silhouette fing an zu wachsen. Sein Schatten wurde im Nebel größer und größer. Dann stellte er sich auf die Hinterbeine und bewegte seine Greifzangen. Es sah aus, als würde ein Ungeheuer die Messer wetzen.

Der Anblick jagt einem wahrhaftig eine Gänsehaut über den Rücken, dachte Petronella. Im selben Moment war ein lautes Klirren zu hören. Die Scheibe des Kinderzimmerfensters zerbrach in tausend Stücke. Petronella zog den Kopf ein. »Verflixt, alte Weide! Weshalb musst du so übertreiben?«, schimpfte sie.

Als das Gewitter näher kam, wachten Lea und Luis auf. Ängstlich lauschten sie dem bedrohlichen Grollen des Donners. In ihrer alten Wohnung in einem großen Mietshaus hatten sie sich bei Gewitter nie gefürchtet. Hier, im Müllerhaus, lag die Sache jedoch völlig anders. Bei jedem Blitz, der über den Himmel zuckte, leuchtete der große Baum vor ihrem Fenster gespenstisch auf. Es sah aus, als würde er mit seinem zerfurchten Gesicht zu ihnen ins Zimmer schauen. Luis mochte gar nicht hinsehen. Jetzt streckte er auch noch seine Zweige nach ihnen aus und klopfte ans Fenster. Erst ganz leise, dann immer drängender. *Macht auf, lasst mich herein*, schien er zu flüstern. Schließlich schlugen die Zweige so hart gegen die Scheibe, dass sie zerbrach. Klirrend zersprang sie in tausend Stücke. Ein eisiger Wind fuhr ins Zimmer. Und dann tauchte es auf. Das Gespenst im Nebel! Es hatte sechs Arme, keinen Kopf und klapperte mit einer riesigen Schere.

Lea und Luis waren vor Schreck wie gelähmt. Sie konnten nichts anderes tun, als entsetzt auf das Ungeheuer vor ihrem Fenster zu starren. Es dauerte eine kleine Ewigkeit, doch dann kam Lea zu sich. Sie zwang sich, den Blick vom Fenster zu lösen, und langte rüber zu ihrem Bruder, der noch immer wie hypnotisiert auf das Gespenst starrte. »Schnell weg, Luis!«, rief sie und zerrte ihn aus seinem Bett. Sie liefen hinaus auf den dunklen Flur, direkt in die Arme ihrer Eltern, die das Klirren der Fensterscheibe gehört hatten und nachsehen wollten, woher das Geräusch kam.

Als sie die zerbrochene Scheibe im Kinderzimmer sahen, waren sie erschrocken und ungeheuer wütend. »Wir hätten nie in dieses Haus ziehen dürfen«, schimpfte ihre Mutter. »Es ist reiner Zufall, dass niemand verletzt wurde.«

Lea und Luis zitterten am ganzen Körper. Vor Aufregung und vor Kälte. Erst als sie in der Küche saßen und einen großen Becher heißen Kakao tranken, den ihre Mutter gekocht hatte, kehrte die Farbe in ihre Gesichter zurück, und sie konnten wieder sprechen. Beide redeten gleichzeitig. »Der Baum vor unserem Fenster hat zu uns hereingesehen. Und dann hat er die Scheibe eingeschlagen.«

»Ja, er sah richtig wütend aus«, sagte Luis.

»Er sah wütend aus?«, fragte seine Mutter erstaunt.

»Er wollte uns in den Teich ziehen!«, ergänzte seine Schwester.

»In den Teich …?«

»Und dann war da noch ein Gespenst!«

»So, ein Gespenst auch noch!« Die Eltern sahen sich wissend an.

»Es sah aus wie ein riesiger Käfer, der sich auf die Hinterbeine gestellt hat.«

»Es könnte allerdings auch ein Transformer gewesen sein«, erklärte Luis nachdenklich.

»Ihr armen, armen Kinder!«, rief ihre Mutter und drückte sie fest an sich. »Dieses Haus ist wirklich eine Zumutung.«

Nachdem Herr und Frau Kuchenbrand die Kinder in ihr eigenes Elternbett verfrachtet hatten, saßen sie noch lange in der Küche und redeten. Dann fassten sie einen Entschluss. Sie wollten sich nach einer neuen Wohnung umsehen und so schnell wie möglich aus diesem furchtbaren Haus ausziehen.

»Aber vorher schneide ich die Äste dieser gefährlichen Weide zurück«, erklärte Herr Kuchenbrand. »Gleich morgen früh fahre ich in den Baummarkt und besorge die größte Astschere, die ich dort auftreiben kann. Und die Kinder nehme ich mit.«

»Arme Kinder«, sagte auch Lucius, nachdem sie in den Apfel zurückgekehrt waren.

»Ach was, Spuk ist Spuk«, erwiderte Petronella eigensinnig. Sie wollte nicht zugeben, dass ihr die Kinder ebenfalls leidtaten und dass sie selbst erschrocken war, als die Scheibe zu Bruch gegangen war. Die beiden hatten gezittert wie Espenlaub und furchtbar entsetzt ausgesehen. Außerdem hatte es ihnen die Sprache verschlagen. Diesmal war sie wirklich zu weit gegangen. Nächstes Mal mussten eben die Apfelmännchen ran. Auf einen neuen Spuk wollte Petronella fürs Erste verzichten.

Hornissen, Wespen, Bienenschwärme …

Glücklicherweise verfügten Lea und Luis über eine robuste Gesundheit und starke Nerven. Bereits am nächsten Morgen, als sich das Gewitter verzogen hatte und die Sonne zwischen den Wolken freundlich herausschaute, gingen sie in den Garten, um nach den Spuren des nächtlichen Spuks zu suchen.

Seltsamerweise war weder von einem Spuk noch von einem Unwetter die kleinste Spur zu entdecken. Es lagen keine zermatschten Äpfel herum, und es waren auch keine Fußspuren von einem Transformer vor dem Fenster zu entdecken. Nicht einmal Blätter oder Zweige hatte der Sturm heruntergerissen. Wenn die zerbrochene Scheibe nicht gewesen wäre, hätte man meinen können, es sei alles nur ein böser Traum gewesen.

Petronella war an diesem Morgen ebenfalls nicht untätig. Sie hatte bereits nach dem Fledermauslauschohr gesucht, das der Sturm vom Dach gerissen hatte. Glücklicherweise fand sie es im obersten Ast der alten

Weide, in dem es sich verfangen hatte. Es war wieder auf seine Originalgröße geschrumpft, sodass Petronella es bequem in ihrer Manteltasche verschwinden lassen konnte.

Auf dem Rückweg sah sie die Familie zum Bus gehen und beschloss, den Vormittag zu nutzen, um im Garten zu arbeiten. Voller Tatendrang marschierte sie zu dem Wohnwagen, in dem sie ihre Gartengeräte aufbewahrte. Dann zog sie feste Handschuhe über und schnappte sich einen kleinen Eimer.

Die späten Früchte, wie Hagebutten und Schlehen, waren reif und warteten darauf, gepflückt zu werden. Aus den Schlehen ließ sich ein köstlicher Likör herstellen. Für Petronella gab es nichts Schöneres, als im Winter auf ihrem Sofa zu sitzen, ein gutes Buch zu lesen und ein Gläschen selbst gemachten Schlehenlikör zu trinken.

Sie war so sehr in ihre Arbeit vertieft, dass sie die Stimmen der Kinder erst hörte, als die bereits im Garten standen.

»Verflixt und zugenäht!« Weshalb waren die kleinen Kröten nicht in der Schule, wie es sich gehörte?

Schnell schnappte sich Petronella den verräterischen Eimer mit den Schlehen und hastete zu ihrer Leiter.

Behände wie ein Eichhörnchen kletterte sie die Sprossen hinauf und verschwand in ihrem Apfel. Puh, das war gerade noch einmal gut gegangen. Ein Blick aus dem Fenster zeigte, dass sie nicht entdeckt worden war. Aber was war das!?

Die Apfelhexe schnappte nach Luft. Was hatte der Vater der beiden mit der alten Weide vor? Wollte er sie etwa beschneiden? Ja, war er denn von allen guten Geistern verlassen? Er hielt eine riesige Astschere in der Hand und war gerade dabei, auf die Leiter zu klettern, die an der Weide lehnte. Potz Blitz! Jetzt hatte Petronella aber genug! Hörte der Ärger denn niemals auf? Entschlossen griff sie nach ihrem Zauberstab und murmelte: »Hornissen, Wespen, Bienenschwärme – eilt herbei, auch aus der Ferne! Helft der Weide in ihrer Not. Der Mann auf der Leiter dort wünscht ihren Tod!«

Obwohl sich die meisten Wespen- und Bienenvölker bereits zur Ruhe begeben hatten, setzte augenblicklich ein Summen und Brummen ein. Ganze Heere machten sich sofort auf den Weg, die alte Weide zu verteidigen. Um sich zu sammeln, kreisten sie einige Male über dem Mühlteich.

»Ähm, Papa. Über dem Teich kreist so eine schwarze, summende Wolke. Ich glaube, das sind Bienen oder so was«, sagte Luis, dem der Schwarm als Erstes aufgefallen war.

»Was …?« Paul Kuchenbrand brauchte seine ganze Konzentration, um nicht von der altersschwachen Leiter zu fallen.

»Das sind nicht nur Bienen, da sind auch ein paar Hornissen dabei«, meinte Lea und ließ die schwarze Wolke nicht aus den Augen. »Ich glaube, die planen einen Angriff.«

»Einen Angriff?« Paul Kuchenbrand hatte nur mit halbem Ohr zugehört, aber jetzt sah er auf. Tatsächlich, Hunderte der gelb-schwarzen Insekten nahmen geradewegs Kurs auf die Weide.

»Ins Haus!«, rief er und sprang aus halber Höhe von der Leiter. Das brauchte er nicht zwei Mal zu sagen. Augenblicklich brachten Lea und Luis sich in Sicherheit. »Papa, komm!«, schrie Lea und hielt ihrem Vater die Tür auf. Paul Kuchenbrand schlug einen letzten Haken und schlitterte ins Haus. Lea knallte die Tür hinter ihm zu.

Plötzlich fing sie an zu kichern.

»Was gibt's denn da zu lachen?«, fragte ihr Vater und sah sie streng an.

»Ich wusste gar nicht, dass du so schnell laufen kannst, Papa«, grinste Lea.

»Stimmt, du bist gelaufen wie ein Hase«, pflichtete Luis ihr bei.

Von drinnen beobachteten sie, wie der Schwarm die Weide umkreiste und sich dann auf ihren Ästen niederließ.

»Die scheinen dort zu wohnen. Das mit den Ästen kannst du erst einmal vergessen«, meinte Luis.

Paul Kuchenbrand kratzte sich am Kopf. »Dann habe ich das Geld für die Baumschere also umsonst ausgegeben?«

Die Kinder nickten.

Petronella war zufrieden, das wäre erledigt. Die Weide würden sie von nun an hoffentlich in Ruhe lassen. Vergnügt pfeifend machte sie sich an die Herstellung ihres Schlehenlikörs. Dass sie bei ihrer Flucht aus dem Garten etwas ganz Wichtiges vergessen hatte, wusste sie in diesem Moment noch nicht.

Ohne Pause arbeitete sie bis in den späten Nachmittag hinein.

Gerade wog sie die benötigte Menge an Zucker ab, als sie ein aufgeregtes Flüstern hörte.

»Boah, Wahnsinn!«

»Warte auf mich! Ist das krass, kneif mich mal, Luis. Aua! Nicht so fest. Wie hoch ist es noch?«

»Keine Ahnung, aber ich glaube, wir sind gleich oben.«

Petronella brach der Schweiß aus. Sie wusste genau, was da unten vor sich ging. Bei ihrer überstürzten Flucht aus dem Garten hatte sie vergessen, die magische Strickleiter hochzuziehen. Und das war jetzt die Quittung. Die beiden neugierigen Frettchen waren im Anmarsch. Was nun?

»Guck dir nur mal diese großen Blätter an. Und der Ast hier ist so dick wie ein Baumstamm«, sagte Lea.

»Ich fass es nicht. Hast du jemals so gigantische Äpfel gesehen?«, flüsterte Luis aufgeregt. »Und der direkt über uns ist der allergrößte.«

»Wieso ist plötzlich alles so riesengroß?«

Luis sah seine Schwester ratlos an. »Wir müssen geschrumpft sein, wie Alice im Wunderland«, vermutete er.«

»Waaas?!«, schrie Lea. »Geschrumpft, wie Alice im Wunderland?? Bist du verrückt? Ich habe keinen Schrumpfkeks gegessen! Und du auch nicht. Was ist, wenn das für immer so bleibt?«

Ihr Bruder zuckte mit den Schultern. »Keine Ahnung, aber jetzt ist es jedenfalls zu spät. Vielleicht liegt es an der Strickleiter. Man wird einfach immer kleiner, wenn man hinaufklettert. Wenn wir Glück haben, funktioniert es auch umgekehrt, und wir wachsen wieder, wenn wir runterklettern.«

»Dann will ich sofort wieder runter«, verkündete Lea. »Lass mich durch.«

»Oh Mann, bist du langweilig!«, rief Luis. »Guck dich doch erst einmal hier oben um. Dieser Apfel zum Beispiel, direkt über uns. Ist dir aufgefallen, dass er Fenster hat?«

Lea stutzte. Das war ihr in ihrem Schrecken natürlich nicht aufgefallen, aber jetzt sah sie es auch. »Da führen drei Stufen zu einer Haustür hinauf. Glaubst du, dass dort jemand wohnt?«

»Wir können ja mal klopfen«, schlug Luis vor.

Zu Besuch im Hexenhaus

Genau das hatte Petronella befürchtet. Eine geschlossene Tür konnte die beiden neugierigen Frettchen sicher nicht aufhalten. Panisch sah sie sich um. Da klopfte es zum zweiten Mal.

Petronella wirbelte herum. Sie musste sich verstecken, aber wo? Natürlich hätte sie sich unsichtbar machen oder in eine Stehlampe verwandeln können. Doch leider fiel ihr gerade jetzt der passende Zauberspruch nicht ein. Wie immer, wenn es schnell gehen musste, wurde Petronella ganz wuselig. Also sauste sie ins Schlafzimmer und stürzte sich kopfüber unter das Bett. Dort war es nicht nur besonders staubig, sondern auch besonders eng.

Schon wurde die Haustür vorsichtig geöffnet. Leise traten die Kinder in einen kleinen Flur. »Wir können hier doch nicht einfach so reingehen. Was ist, wenn wir erwischt werden?«

»Dann sagen wir, wir hätten uns verlaufen. Außerdem machen wir ja nichts kaputt. Du darfst nur nicht alles begrabbeln, verstanden?«

»Sieh dir das an, Luis. Ein rundes Wohnzimmer, ist das nicht süß?«

»Klar ist das Wohnzimmer rund. Wir sind schließlich in einem Apfel. Krass, oder? Sieh mal das Fernrohr. Ich wette, hier ist Captain Jack Sparrow zu Hause.«

»Die Wette verlierst du«, giftete Petronella leise unter ihrem Bett. Der Staub, den sie dabei aufwirbelte, kribbelte ganz abscheulich in ihrer Nase.

»Guck mal, es gibt noch mehr Zimmer. Dahinten ist die Küche – und das hier ist das Schlafzimmer.« Die Stimmen kamen näher.

»Lass mal sehen! Also das Bett sieht echt …« Plötzlich verstummten die Kinder. Petronella zog den Bauch ein und hielt die Luft an. Zu spät. Man hatte sie entdeckt. »Da gucken Beine heraus«, flüsterte Luis.

»Beine!«, quietschte seine Schwester. »Vielleicht steckt da jemand drunter und ist tot!!«

»Glaub ich nicht, eben haben sie sich bewegt. Soll ich mal reinkneifen, dann kannst du es sehen?«

Jetzt platzte Petronella der Kragen. »Untersteh dich!!!«, rief sie und kämpfte sich rückwärts unter dem Bett heraus. Kein eleganter Anblick, aber das war ihr egal. Der Zorn hatte die Apfelhexe gepackt. Was fiel diesen frechen Gören ein, in ihr Allerheiligstes einzu-

dringen! Energisch richtete sie sich zu ihrer vollen Apfelhexengröße auf und funkelte die Kinder wütend an. »Was sucht ihr in meinem Haus, hä?!«, fragte sie drohend, und ihre Augen blitzten.

Lea und Luis wichen Schritt für Schritt bis ins Wohnzimmer zurück. Mit offenen Mündern starrten sie die seltsame Frau an, die da vor ihnen stand. Sie war klein und trug ein grünes Kleid mit einer roten Schürze. Auf ihrem Kopf saß schief ein spitzer schwarzer Hut, der über und über mit Staubflocken bedeckt war.

»Ein Hexenhut«, flüsterte Lea.

»Gut beobachtet, Herzchen«, antwortete Petronella und stemmte die Hände in die Hüften. Sie war noch immer so überrumpelt von diesem »Besuch«, dass ihr rein gar nichts einfiel, was sie mit den Eindringlingen anstellen sollte. Es wäre ihr ein Leichtes gewesen, sie rauszuschmeißen und einfach vom Baum zu pusten, aber irgendetwas hielt sie davon ab. Es kam nicht oft vor, dass sie Besuch von Menschen bekam. Genau genommen war noch nie ein Mensch in ihrem Apfel gewesen. Interessiert sah sie die Kinder an. Sie machten gar keinen so üblen Eindruck.

»Sind Sie eine Hexe?«, fragte Luis.

Lea stieß ihn in die Rippen. »Hör auf!«, formten ihre Lippen. »Reiz sie nicht.«

»Entschuldigen Sie die Störung, wir wollten gerade wieder gehen«, stotterte sie und zog ihren Bruder am Arm in Richtung Tür.

Der machte sich unwillig los. »Bist du verrückt? Ich will nicht gehen. So etwas erlebt man nur ein Mal«, zischte er.

»Jetzt bist du verrückt«, zischte Lea zurück. »Weißt du nicht, was mit Hänsel und Gretel passiert ist?«

Petronella grinste. »Du hast ganz recht, Kindchen. Aber diese Hexe war eine Knusperhexe. Eine ganz abscheuliche, hinterhältige Hexenart, vor der man sich in Acht nehmen muss. Diese Sorte verspeist gern einmal ein paar Kinder zum Frühstück.«

»Und was für eine Art von Hexe sind Sie?«, fragte Luis und schielte zur Tür.

»Ich bin Petronella Apfelmus, eine Apfelhexe, wie der Name schon sagt!« Petronella warf sich stolz in die Brust. »Hüterin und Beschützerin der Gärten. Ich ...« Ein lautes Brummen unterbrach sie. Es erfüllte die Luft, und kurz darauf wurde die Haustür aufgestoßen.

Erschrocken sahen sich die Kinder um. »Das ist Lucius, mein Mitbewohner«, erklärte Petronella. »Vor ihm braucht ihr keine Angst zu haben.«

»Der Transformer«, murmelte Luis.

Lucius rieb sich verwundert die Augen. »Wie kommen die Kinder hierher?«

Petronella zuckte mit den Schultern. »Eine kleine

Unachtsamkeit meinerseits«, brummte sie. »Ich erkläre es dir später.« Laut sagte sie: »Darf ich dir unseren Besuch vorstellen? Das sind Lea und Luis Kuchenbrand aus dem Müllerhaus. So heißt ihr doch, oder?« Die Kinder nickten. »Und der hier, das ist mein Freund und Mitbewohner Lucius, ein Hirschkäfer.«

»Echt krass!«, murmelte Luis wieder.

»Gut.« Petronella rieb sich die Nase. Sie war keine besonders geübte Gastgeberin. »Das Haus angesehen habt ihr ja schon, während ich …« Sie räusperte sich umständlich. »Jetzt werde ich euch noch mit Tee und Kuchen bewirten, und dann müsst ihr wieder gehen. Kommt mit.«

Schweigend folgten ihr die Kinder in die Küche. Dort war der Tisch bereits gedeckt, so als hätte Petronella ihren Besuch schon lange erwartet. In den Tassen dampfte der Tee, und in der Mitte des Tisches thronte ein herrlicher Apfelkuchen auf einem weißen Spitzendeckchen. »Also, setzt euch!«, forderte die Hexe Lea und Luis freundlich auf. Dann lud sie jedem ein extra großes Stück Kuchen auf den Teller und sah zu, wie es ihren Gästen schmeckte.

»Gehört der Garten da unten Ihnen?«, fragte Lea zwischen zwei Bissen. Petronella nickte.

»Und Sie waren gar nicht sauer, als wir ins Müllerhaus gezogen sind und uns dort breitgemacht haben?«

»Oh doch, das war ich«, antwortete Petronella. »Und lass das Sie weg. Das gehört sich in Hexenkreisen nicht. Natürlich war ich sauer. Sehr sauer sogar.«

»So sauer, dass du uns vertreiben wolltest?«, fragte Luis und grinste frech.

Petronella nickte.

Lea sah sie erstaunt an. Allmählich dämmerte ihr, worauf ihr Bruder hinauswollte. Sie schnappte nach Luft. »Dann hast du gestern Abend …?«

Petronella nickte wieder, und diesmal wurde sie dabei sogar ein bisschen rot.

»Und Lucius war …«, begann Lea erneut.

»… der Transformer«, beendete Luis ihren Satz.

»Ertappt«, gab Petronella freimütig zu. »Aber was hätte ich tun sollen? Ich wusste nicht, wer dort einzieht, und ich habe schon einmal sehr schlechte Erfahrungen gemacht.«

»Cool!«, staunte Luis. »Dann bist du tatsächlich eine wirklich echte, richtige, megacoole Hexe?«

Petronella nickte. »Natürlich!«

»Und kannst richtig zaubern …«, ergänzte Lea.

»So sicher, wie ich euch auf meinem Hintern gegenübersitze«, antwortete Petronella stolz.

»Och bitte, kannst du nicht ein einziges Mal etwas Klitzekleines zaubern? Extra für uns«, fragte Lea.

»Oh ja, bitte!«, rief auch Luis.

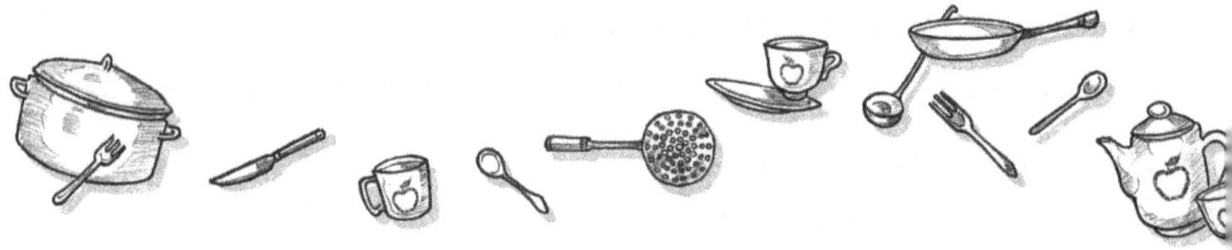

Petronella schmunzelte: »Ihr wollt mich zaubern sehen? Also gut, was soll es denn sein?«

»Du könntest Lea zum Beispiel ein paar Hasenohren wachsen lassen«, schlug Luis eifrig vor.

»Bist du verrückt?«, empörte sich Lea.

»Hasenohren möchtest du, so, so …«, sagte Petronella und griff nach ihrem Zauberstab. Luis war entzückt.

»Zauber aus den Hexenmooren, Luis wünscht sich Hasenohren. Ich ruf dich herbei, von wo immer das sei! Hurtig, burtig, trillebor, rechts und links ein Hasenohr.«

Es knirschte und knisterte, und schon wurden Luis' Ohren länger und länger. Erschrocken betastete er die Felllöffel. »Doch nicht mir!«, schrie er. »Du solltest Lea Ohren wachsen lassen!«

»Selber schuld, wenn du dir so etwas Blödes wünscht«, sagte Lea. »Kannst du auch etwas herumfliegen lassen, Petronella?«

»Nichts leichter als das«, erwiderte die Hexe. »Wie wäre es mit diesem Klassiker?« Sie wedelte mit ihrem Zauberstab. Sofort sprangen die Schubladen und Türen ihres Küchenschranks auf, und Tassen und Teller, Messer und Gabeln, Kannen und Kessel schwebten heraus.

Petronella wedelte erneut, und ein Walzer erklang. Gleich fing das Geschirr an zu tanzen. Hin und her und rundherum.

»Und wie werde ich diese Felldinger wieder los?«, wollte Luis wissen.

Petronella berührte jedes Ohr kurz mit ihrem Zauberstab. Schon waren die Hasenohren verschwunden.

Erleichtert atmete Luis auf. »Können die auch Breakdance?«, fragte er grinsend und deutete auf das Geschirr.

»Mensch, Luis«, stöhnte Lea.

Petronella ließ noch ein paar Kugelblitze durch das Wohnzimmer rollen und begeisterte ihre Besucher mit einem achtzehnköpfigen Maikäferchor, der ein paar Seemannslieder zum Besten gab. Dann war es Zeit zu gehen.

»Es wird bereits dunkel«, erklärte Petronella. »Ihr müsst jetzt nach Hause gehen, sonst sorgen sich eure Eltern.«

Nur ungern standen die Kinder auf. Ihnen schwirrte der Kopf von dem, was sie erlebt hatten, und Lea sah sich noch einmal ganz genau um. »Am liebsten würde ich noch hierbleiben«, sagte sie bedauernd. Aber Luis stupste sie bereits Richtung Ausgang.

Vorsichtig stiegen sie die drei steilen Stufen hinab,

dann drehten sie sich noch einmal um. »Es war nett von dir, uns einzuladen«, sagte Luis. »Dürfen wir vielleicht noch einmal wiederkommen?« Die Kinder blickten so hoffnungsvoll, dass Petronella ganz warm ums Herz wurde. »Natürlich dürft ihr mich wieder besuchen. Wenn ich die Strickleiter herunterlasse, seid ihr willkommen.«

Die Zwillinge strahlten. »Danke!«, riefen sie und begannen eilig mit dem Abstieg.

»Die haben dich aber kräftig um den Finger gewickelt«, stellte Lucius fest.

»Was hätte ich denn tun sollen? Sie standen plötzlich in meinem Schlafzimmer«, erwiderte Petronella.

»Natürlich! Gestern wolltest du sie noch mit Spuk und Donner vertreiben, und heute lädst du sie zu Apfelkuchen und Tee ein. Ist doch völlig normal.« Lucius brach in dickes Käferlachen aus.

»Nun hör schon auf. Ich mag eben neugierige Kinder«, verteidigte sich Petronella. »Und clever sind sie obendrein. Sie haben sofort durchschaut, dass ich für den Spuk gestern Nacht verantwortlich war.«

»Wollen wir Mama und Papa von Petronella Apfelmus erzählen? Ich kann mir nicht vorstellen, dass sie uns glauben werden«, überlegte Lea, während sie ihre Jacken im Flur an die Garderobe hängten.

»Stimmt«, pflichtete Luis ihr bei. »Ich fürchte, morgen werden wir das selbst nicht mehr glauben. Es ist also schlauer, nichts von Petronella zu erzählen. Du weißt doch, wie schnell Mama und Papa sich aufregen.«

»Morgen gehe ich gleich wieder zu ihr. Vielleicht zaubert sie noch ein bisschen mehr«, sagte Lea.

»Logisch gehen wir wieder hin, bloß Mist, dass wir vorher zur Schule müssen«, antwortete ihr Bruder.

Nebelgeister

So einfach, wie es sich die Zwillinge vorgestellt hatten, war die Sache dann allerdings nicht. Sooft sie auch um Petronellas Baum schlichen, es war nichts von einer Leiter zu sehen. Petronella ließ sie einfach nicht herunter.

Nun war es nicht so, dass die Apfelhexe nichts mehr von den Kindern wissen wollte. Ganz und gar nicht! Aber es war Herbst, und der Herbst war für Petronella die anstrengendste Zeit des Jahres. Zu keiner anderen Jahreszeit gab es mehr Krankheiten und Verletzungen, um die sich die kleine Apfelhexe kümmern musste. Das hing mit den Äpfeln zusammen, die reif wurden und von den Bäumen fielen. Wurden sie nicht rechtzeitig aufgesammelt, fingen sie an zu gären, und in den Früchten entstand Alkohol. So verging im Herbst kein einziger Tag, an dem es Petronella nicht mit betrunkenen Käfern, Igeln oder Waschbären zu tun hatte. Sie torkelten, vor allem nachts, singend und johlend durch den Garten. Da hatten Petronella und die Apfelmännchen alle Hände voll zu tun, um aufzupassen, dass sie

sicher nach Hause kamen. Diejenigen, die nicht das Glück hatten, von einem Apfelmännchen begleitet zu werden, landeten oft bei Petronella auf dem Küchentisch, wo sie verarztet wurden. Niemand sonst verstand sich so gut auf das Behandeln von eingerissenen Flügeln oder verstauchten Pfoten wie sie.

Lea und Luis wussten natürlich nicht, wie schwer Petronella schuften musste. Seit vier Tagen schlichen sie nun schon jeden Nachmittag um den Baum, auf dem Petronella wohnte. Sie warteten so lange, bis ihre Nasen vor Kälte rot wurden und ihre Mutter sie ins Haus rief.

Umsonst. Von der Apfelhexe war nicht das kleinste Stück ihrer Hutkrempe zu sehen, und die Strickleiter ließ sie auch nicht herunter.

»Vielleicht gibt es Petronella doch gar nicht«, sagte Lea traurig, während sie wieder einmal vergeblich unter dem Apfelbaum saßen und warteten.

»Quatsch!« Luis stand auf und stapfte Richtung Haus. »Wir haben sie beide gesehen. Ich hole jetzt mein Fernglas.«

Kurz darauf war er zurück, stellte sich vor den Baum und schaute hinauf.

»Ich glaube, ich kann ihr Häuschen sehen«, flüsterte er plötzlich aufgeregt.

»Zeig mal!« Lea nahm ihm das Fernglas aus der Hand. »Tatsächlich, da hängt es. Es sieht aus, als wäre bei ihr Licht.«

»Dann muss sie zu Hause sein. Ich verstehe nicht, warum sie uns nicht sehen will«, sagte Luis bedrückt.

»Vielleicht hat sie keine Zeit«, versuchte Lea, ihn zu trösten.

»Oder sie findet uns einfach blöd«, meinte Luis und schlug mit der Faust gegen den Stamm des Apfelbaums.

»Na, ihr zwei, was gibt es denn da so Interessantes zu sehen?«

Hastig nahm Lea das Fernglas von den Augen. »Och nichts … Hallo, Papa. Wir … wir …«

»Wir haben nur ein Eichhörnchen beobachtet«, kam Luis seiner Schwester zu Hilfe.

»Eichhörnchen? Zeigt mal her!« Herr Kuchenbrand nahm seiner Tochter das Fernglas aus der Hand und sah hindurch. »Ich sehe keins«, sagte er enttäuscht. »Aber was ist denn das da oben im Baum …?«

Lea und Luis sahen sich erschrocken an. Jetzt schaute ihr Vater ganz genau hin.

»Da oben hängt wahrhaftig der größte und appetitlichste Apfel, den ich je gesehen habe!«, staunte er. »Wartet einen Moment …«

»Nein, Papa!!«, riefen Lea und Luis wie aus einem Mund.

Aber Herr Kuchenbrand war nicht mehr zu bremsen. Schnellen Schrittes lief er in den Geräteschuppen hinter dem Haus und kehrte mit einem Apfelpflücker und der alten Leiter zurück.

»Was willst du damit machen?«, fragte Luis, obwohl er ahnte, was sein Vater vorhatte.

»Das ist ein Apfelpflücker, mein Sohn. Und dreimal darfst du raten, was ich damit vorhabe.« Herr Kuchenbrand rieb sich die Hände.

»Tu etwas«, flüsterte Lea und stieß ihren Bruder in die Rippen. Luis sah sie ratlos an.

»Das ist keine gute Idee, Papa!«, rief Lea, und ihre Stimme war vor Aufregung ganz dünn.

»Keine gute Idee? Da irrst du dich aber! Das ist sogar eine ganz fabelhafte Idee.« Herr Kuchenbrand stand bereits auf der Leiter und angelte mit dem Apfelpflücker nach Petronellas Häuschen.

»Der Apfel ist doch noch gar nicht reif!«, versuchte Lea es erneut.

»Natürlich ist der reif. Das wirst du schon sehen, wenn wir ihn erst hier unten haben …« Herr Kuchenbrand war jetzt sehr konzentriert. Und den Kindern blieb nichts anderes übrig, als zuzugucken, wie ihr Vater nach Petronellas Apfelhäuschen fischte.

»Was ist das?!!«, rief Lucius ängstlich, als auf einmal das ganze Haus erbebte. Auch Petronella war erschrocken. Beinahe wäre sie mitsamt ihrem Sessel umgekippt. »Das werden wir gleich sehen«, murmelte sie und trat ans Fenster. Was sie dann sah, ließ sie nach Luft schnappen. So eine Unverschämtheit war ihr in all den Jahren noch nicht vorgekommen.

»Dieser Mann macht wahrhaftig nur Ärger! Man

sollte ihm das Besteigen von Leitern polizeilich verbieten!«, rief sie empört. Da traf ein zweiter heftiger Schlag ihren Apfel. Die Frucht schwankte so sehr, dass Lucius von der Fensterbank rutschte und Petronella sich an einem Türrahmen festhalten musste.

»Dieses Trampeltier«, zischte sie wütend. »Ich werde ihm zeigen, was es heißt, das Haus einer Apfelhexe anzugreifen.« Sie lief in ihr Schlafzimmer und schnappte das Glas mit den Nebelgeistern, das sie in ihrer Schatzkiste unter dem Bett aufbewahrte. Grimmig stürzte sie damit zur Tür, schraubte den Deckel auf und klopfte mit ihrem Zauberstab gegen das Glas, in dem sich die milchigen Geister drehten.

»Schiefe Tanne, Krötenmeister – aus dem Glas, ihr Nebelgeister! Krähenfuß und Katzendreck, nehmt ihm die blöde Leiter weg!«, rief Petronella erbost und deutete herrisch mit ihrem Zauberstab auf Herrn Kuchenbrand, der seinen Apfelpflücker noch immer begehrlich nach ihrem Häuschen ausstreckte.

Petronellas Zaubersprüche hatten noch niemals ihre Wirkung verfehlt. Und so schossen die Nebelgeister aus dem Glas, dass es nur so zischte. Es waren kleine weiße Flattergeister, die an der frischen Luft immer größer wurden. Ihre schmalen grünen Augen hatten Herrn Kuchenbrand sofort entdeckt, und sie stürzten sich mit Vergnügen auf ihn.

Wie riesige weiße Fledermäuse segelten sie aus dem Baumwipfel auf ihn herab und hüllten ihn in ihre eiskalten, feuchten Gewänder. Sie packten ihn im Nacken, zogen ihn an den Ohren und bliesen ihm ihren modrigen Atem ins Gesicht. Zum Schluss griffen sie ihm unter die Arme und hoben ihn von der Leiter.

Herr Kuchenbrand wusste nicht, wie ihm geschah. Er schrie auf, ließ den Apfelpflücker fallen und strampelte mit den Beinen. Lea und Luis mussten hilflos mit ansehen, wie die Nebelgeister ihren Vater hochhoben und die Leiter davontrugen. Dann ließen sie ihn einfach los, und Herr Kuchenbrand plumpste unsanft zu Boden. Grüne Augen, die aus den Nebelschwaden leuchteten, schienen ihn auszulachen.

»Was war das?«, rief ihr Vater verdutzt. »Ich stand ganz plötzlich im Nebel. Es hat sich angefühlt, als hätte mich jemand von der Leiter gehoben und fallen gelassen.«

Die Kinder sahen sich an. »Petronella«, flüsterte Luis. Seine Schwester nickte. »Sie hat gezaubert. Sie hat ...« Luis legte den Finger an den Mund.

»Hast du dir wehgetan, Papa?«, fragte er.

»Es geht«, knurrte Herr Kuchenbrand und rieb sich den Po.

»Sieht aus, als sei die morsche Leiter unter dir zusammengebrochen«, sagte Lea so lässig wie möglich.

»Kann schon sein«, antwortete ihr Vater. »Wo ist sie überhaupt?«

Ja, wo war die Leiter? Suchend sahen sich die Kinder um. Von der Leiter war nichts zu sehen.

»Dahinten liegt jedenfalls dein Apfelpflücker«, meinte Luis und zeigte auf die zerbrochene Stange im Gras.

Herr Kuchenbrand kratzte sich am Kopf. Ein sicheres Zeichen dafür, dass er nachdachte. »Seltsam«, murmelte er dann. »Sehr seltsam. Wie kann es sein, dass eine Leiter plötzlich verschwindet?«

»Ach, mach dir darüber keine unnötigen Gedanken«, versuchte Lea, ihn zu beschwichtigen.

»Es gibt Dinge zwischen Himmel und Erde, die sich niemand erklären kann«, sagte Luis altklug. »Komm, wir gehen am besten ins Haus.« Er nahm seinen Vater am Arm.

Herr Kuchenbrand sah sich noch einmal suchend um, dann folgte er seinen Kindern kopfschüttelnd.

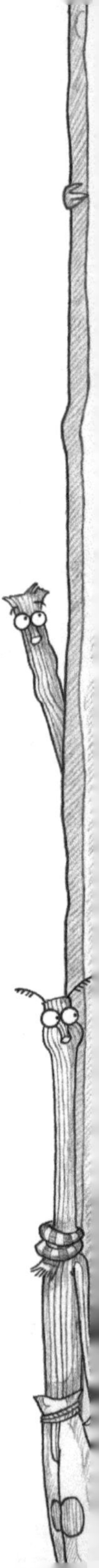

Eine elende Warterei

Da Lea und Luis nicht nur besonders unerschrockene Kinder waren, sondern auch besonders hartnäckige, saßen sie am nächsten Nachmittag wieder unter Petronellas Baum.

»Ich bleibe hier so lange sitzen, bis sie endlich die blöde Leiter herunterlässt«, verkündete Luis. Lea nickte. Sie hatten schon eine ganze Weile an Petronellas Baum gewartet, als plötzlich etwas neben ihnen durch das Gras huschte.

»Was war das?«, fragte Luis. Lea zuckte mit den Schultern. Im selben Moment flitzte wieder etwas an ihnen vorbei, dann noch etwas und noch etwas.

»Es versteckt sich dort hinter dem Baum!«, rief Lea aufgeregt.

»Schnell!« Die beiden sprangen auf. »Guck dir das an, Luis.« Lea deutete auf die zerfurchte Rinde an Petronellas Apfelbaum.

»Ich sehe nichts!«

»Da, direkt am Stamm … Es tarnt sich.«

Luis trat so dicht an den Baum heran, dass er ihn

fast mit der Nasenspitze berührte. Plötzlich zuckte er zurück. »He, da hat sich was bewegt!«

»Es sieht aus wie ein Stück Holz, aber es hat Arme und Beine«, flüsterte Lea.

Luis stieß sie in die Rippen. »Da sind noch mehr!«, schnaufte er.

Gurkenhut und seine Männer waren entdeckt. Da nützte es auch nichts, dass sie sich fest an den Stamm pressten und beinah vollkommen mit seiner Rinde verschmolzen. Ängstlich sahen sie sich an. Dann gab Gurkenhut ein Zeichen, und die Apfelmännchen flitzten los. Nicht umsonst waren sie als die besten Baumkletterer der Welt bekannt. Sie huschten so schnell den Stamm des Apfelbaums hinauf, dass Lea und Luis Mühe hatten, ihnen mit den Augen zu folgen. Sekunden später waren sie hinter dichten Blättern verschwunden.

»Hast du das gesehen?«, fragte Luis.

»Na klar. Ich glaube, das waren Kobolde oder so etwas.«

»Du meinst, es gibt in diesem Garten nicht nur eine Hexe, sondern auch Kobolde … und vielleicht Wichtel, Feen, Einhörner, verzauberte Prinzen und das ganze andere Zeug, an das eigentlich nur Mädchen glauben?«, wollte Luis wissen.

Lea lachte. »Das kannst du ja Petronella fragen.«

»Du hast recht. Wir müssen unbedingt mit ihr reden.« Luis legte den Kopf in den Nacken und sah zu Petronellas Apfel hinauf. »Ich werde sie jetzt rufen. Und zwar so lange, bis ihr die Ohren abfallen«, beschloss er. Luis gab sein Bestes. Er schrie ihren Namen, schlug gegen den Stamm, biss in die Rinde und trommelte mit den Fäusten auf den Boden. Er warf sogar etwas Fallobst nach ihrem Haus. Nichts. Petronella blieb unsichtbar.

»So ein Mist«, schimpfte er. »Weshalb zeigt sie sich nicht? Ist sie im Urlaub oder was?«

»Ich glaube eher, sie mag uns nicht«, sagte Lea leise und lehnte ihren Kopf traurig gegen den Baumstamm.

»So ein Quatsch. Weshalb sollte sie uns nicht mögen ...?«, protestierte Luis, als Lea ihrem Bruder plötzlich einen Stoß gab.

»Achtung, Luis!«, rief sie. Keine Sekunde später fiel eine Strickleiter herab.

»He, das klappt ja wie am Schnürchen!«, grinste Luis.

Die Zwillinge waren begeistert. Eilig kletterten sie die Leiter hinauf.

Es war genau wie beim letzten Mal. Je höher sie kletterten, desto größer wurden die Blätter und alles andere um sie herum. Schließlich hatten sie den obersten Ast erreicht. Verstohlen sah Lea zu Petronellas Tür hinauf. Sie stand offen, aber von der Apfelhexe war nichts zu sehen.

Unsicher sahen sich die Kinder an. Da erschien Lucius in der Tür und winkte sie herein. Im Haus waren zornige Stimmen zu hören.

»Nimm ja deine Fühler aus meinem Gesicht, oder du kannst was erleben!«

»Pass auf, was du sagst, sonst verpass ich dir einen Kinnhaken, dass dir Hören und Sehen vergeht!«

»Sooooo, das wollen wir ja mal sehen!«

»Schluss jetzt!!« Das war eindeutig Petronellas Stimme. Sie stand an ihrem Küchentisch und hatte alle Hände voll zu tun, zwei streitlustige Grillen auseinanderzuhalten. »Es reicht!«, rief sie und hob eine der Grillen vom Tisch. »Bertram geht als Erster, und Korbinian wartet fünf Minuten. Ich habe keine Lust, euch heute ein zweites Mal zu verarzten. Lucius, bitte sorge dafür, dass sie getrennte Wege gehen.«

»Mach ich.« Lucius, der doppelt so groß war wie die beiden Grillen, packte jede von ihnen im Nacken und bugsierte sie zur Tür hinaus.

»Na endlich.« Petronella ließ sich müde auf einen Stuhl fallen. »Es gibt nichts Unangenehmeres als zwei Grillenmännchen, die sich um ein Weibchen prügeln.«

Vorsichtig gingen Lea und Luis in die Küche. Die Apfelhexe hatte für einen Moment die Augen geschlossen.

»Ähähäm!«, räusperte sich Luis.

»Entschuldige die Störung«, bat Lea höflich. »Aber wir möchten dich etwas fragen.«

Petronella öffnete die Augen. Zuerst das linke, dann das rechte. »Ich kann Störungen nicht leiden!«, brummte sie grimmig.

Erschrocken sahen sich die Kinder an.

»Ich hätte wissen müssen, dass ich euch kleine Quälgeister so schnell nicht wieder loswerde.« Streng blickte die Apfelhexe von einem zum anderen. Dann breitete sich trotz der unfreundlichen Worte ein Lächeln auf ihrem Gesicht aus. »Ihr wollt mich etwas fragen? Also, worauf wartet ihr? Was wollt ihr wissen?«

Schnell sah Lea ihren Bruder an. »Frag schon ...«, flüsterte sie.

»Ähäm.« Luis räusperte sich noch einmal. Dann holte er tief Luft und fragte: »Gibt es in deinem Garten eigentlich Kobolde?«

Petronella sah ihn erstaunt an. Dann wiegte sie den Kopf nachdenklich hin und her. »Darauf kann ich dir leider keine Antwort geben«, sagte sie schließlich. »Das ist eine Sache, die du ganz allein herausfinden musst.«

»Und wie kann man das herausfinden?«, wollte jetzt auch Lea wissen.

Petronella zwinkerte ihr zu. »Du brauchst vor allen Dingen ein offenes Herz. Und einen Verstand, der bereit ist, auf dein Herz zu hören. Etwas Geduld und ein paar Honigbonbons wären ebenfalls nicht schlecht, aber mehr kann ich dir nicht verraten.«

»Honigbonbons?«

Die Apfelhexe schloss wieder die Augen.

»Coole Sache gestern, mit den Gespenstern«, versuchte Luis es schnell, denn er wollte unter keinen Umständen schon wieder gehen.

Petronella ließ sich aus der Reserve locken und setzte sich mit einem Ruck in ihrem Stuhl auf. »Ihr müsst besser auf euren Vater aufpassen. Beinahe hätte er mein Haus gepflückt«, sagte sie vorwurfsvoll.

»Aber das kann man doch gar nicht. Das würdest du doch nie zulassen, oder?«, fragte Lea.

»Natürlich nicht. Deshalb habe ich ihm ja die Nebelgeister auf den Hals geschickt.«

»Nebelgeister«, flüsterten Luis und Lea andächtig.

»Setzt euch!« Petronella deutete einladend auf zwei Küchenstühle. »Erzählt mir ein wenig von euch. Wie geht es eurem Vater? Hat er sich sehr wehgetan, als die Geister ihn fallen ließen?«

Die Kinder schüttelten den Kopf. »Dass es Geister waren, hat er gar nicht bemerkt. Aber ich glaube, er war ziemlich geknickt«, sagte Lea. »Mit ihm ist nichts mehr los, hat er gesagt. Er sei schon so eingerostet, dass er nicht einmal mehr einen Apfel vom Baum pflücken kann, ohne von der Leiter zu fallen.«

Petronella sah die Kinder betrübt an.

»Armer Papa«, murmelte Luis. »Wir hätten ein Dutzend Äpfel für ihn pflücken sollen.«

»Quatsch!« Lea schüttelte den Kopf. »Es liegt nicht an den Äpfeln. Papa braucht einen neuen Job. Früher war er immer so fröhlich, aber seit er keine Arbeit mehr hat, ist er oft traurig.«

»Stimmt! Am liebsten würde ich Herrn Kümmerling in den Hintern treten. So heißt der Chef von unserem Papa, der ihn rausgeschmissen hat«, erklärte Luis. »Er hat fast alle Mitarbeiter in der Bäckerei entlassen und dafür ein paar neue Brotbackmaschinen gekauft. Weil die mehr schaffen.«

Als Petronella das hörte, wurde sie sehr böse. »Was für ein abscheulicher Mann. So geht man nicht mit Menschen um!«, ereiferte sie sich.

»Aber Herr Kümmerling hat das getan«, sagte Lea böse.

»Dann ist er ein wirklich wahrer Kümmerling!«, rief Petronella. Vor lauter Ärger bekam sie einen ganz roten Kopf. Und die Kinder mussten fast ein bisschen lachen, weil die Apfelhexe sich so ereiferte.

»Ist das der Grund, weshalb ihr ins Müllerhaus gezogen seid?«

Die Kinder nickten. »Wenn man keine Arbeit hat, hat man auch wenig Geld, und wenn man wenig Geld hat, kann man sich keine schöne Wohnung leisten – sagt Papa. Und deshalb sind wir hier.« Lea schluckte.

»Ja, dann zieht man ins Müllerhaus, wo der Wind durch die Ritzen pfeift und wo es nie richtig warm wird«, sagte Luis.

Besorgt sah Petronella die Kinder an. »Ist es wirklich so schlimm?«

Die Zwillinge nickten. Doch dann lachte Lea und sagte: »Aber jetzt, wo wir dich kennen, ist es nur noch halb so schlimm.«

Petronella war gerührt. »Gut«, sagte sie schließlich. »Einen neuen Job habe ich zwar nicht zu vergeben, aber ich kann immerhin dafür sorgen, dass es im Müllerhaus warm und gemütlich wird.«

»Und wie willst du das anstellen?«, fragte Luis.

»Sie zaubert«, sagte Lea.

Petronella schüttelte den Kopf. »Es braucht nicht immer einen Zauber, manchmal reichen auch gute Freunde. Ich werde die Apfelmännchen bitten, das Haus zu reparieren. Sie sind die besten Handwerker, die ich kenne.«

»Apfelmännchen?«, fragten die Kinder erstaunt.

Petronella nickte. »Ich glaube, ihr habt sie schon einmal gesehen. Kommt mit ins Wohnzimmer.«

Tatsächlich, da saßen sie! Mit großen Augen sahen die Kinder Gurkenhut und seine Männer an.

Neue Freunde

Die Kobolde waren also Apfelmännchen. Lea und Luis hatten zwar noch nie etwas von Apfelmännchen gehört, trotzdem hätten sie sich Männchen mit diesem Namen anders vorgestellt. Irgendwie klein und rund. Stattdessen saßen fünf dünne lange Stockmännchen in der Stube. Sie trugen braune Arbeitshosen und bunte Wollpullover, die an ihren Körpern schlackerten.

»Darf ich vorstellen?«, fragte Petronella. »Das sind Gurkenhut, Spargelzahn, Rübenbach, Karottenwams und Bohnenhals. Allesamt Apfelmännchen.«

Die Apfelmännchen standen auf und verbeugten sich der Reihe nach.

»Männer, das sind Lea und Luis Kuchenbrand aus dem Müllerhaus.«

»Das brauchst du uns nicht zu erklären«, erwiderte Gurkenhut. »Sie hätten uns beinah erwischt, als wir auf dem Weg zu dir waren.«

»Dann sind Sie gar keine Kobolde?«, fragte Lea.

»Natürlich nicht!«, rief Spargelzahn empört. »Oder findest du, wir sehen aus wie diese wilden Gesellen?«

Schnell schüttelte Lea den Kopf.

»Gut«, sagte Petronella. »Nachdem das geklärt ist und bevor wir es uns gemütlich machen, möchte ich euch die Geschichte der Kuchenbrands aus dem Müllerhaus erzählen und um eure Hilfe bitten.«

Gurkenhut sah Petronella erstaunt an. Er sprang auf und zog die Hexe energisch aus dem Zimmer.

»Was soll das?«, zischelte er. »Klär mich bitte auf, wenn ich etwas verpasst habe. Vor ein paar Tagen sollten wir dir helfen, sie aus dem Müllerhaus zu vertreiben. Dann sitzt du mit ihnen in deiner Küche und plauderst. Und jetzt brauchst du schon wieder unsere Hilfe? Willst du sie denn immer noch loswerden?«

Petronella war empört. »Für wen hältst du mich? Sehe ich aus wie ein bösartiger Troll? Natürlich möchte ich euch nicht bitten, sie zu vertreiben, diesmal sollt ihr ihnen helfen. Und nun komm!«

Schnell ging sie in die Stube zurück, wo sich die Kinder und die Apfelmännchen noch immer interessiert, aber schweigend beäugten.

»Meine Lieben!«, begann Petronella. »Die Kuchenbrands brauchen eure Hilfe …« Schnell erzählte sie von den Umständen, die dazu geführt hatten, dass die Familie in das Müllerhaus ziehen musste, und in welch schlechtem Zustand es war. Anschließend bat Petronella die Apfelmännchen, sich der Sache anzunehmen. Und da Apfelmännchen Handwerker mit Leib und Seele sind, waren sie gern bereit zu helfen.

»Gleich morgen fangen wir an«, erklärte Gurkenhut. »Erschreckt also nicht, wenn ihr seltsame Geräusche auf dem Dach oder an eurem Fenster hört. Das Aufbringen unseres Spezialkitts könnte sich etwas merkwürdig anhören.« Die anderen vier kicherten albern.

Lea und Luis bedankten sich artig und wollten es sich gerade auf dem Fußboden bequem machen, um den Geschichten der Apfelmännchen zu lauschen, als sie hörten, wie ihre Mutter nach ihnen rief. Draußen war es bereits dunkel, und wenn sie nicht sofort auftauchten, würden ihre Eltern sich auf die Suche machen. Also verabschiedeten sie sich schweren Herzens von Petronella und ihren Freunden und machten sich auf den Heimweg. »Wir kommen bestimmt bald wieder!«, sagte Lea zum Abschied.

»Darauf möchte ich wetten«, antwortete Petronella und lächelte freundlich.

»Vielleicht kannst du dir bis dahin eine Klingel anschaffen. Das Warten auf die Strickleiter war nämlich ganz schön anstrengend«, sagte Luis.

»Es hat fünf Tage gedauert, bis du sie endlich heruntergelassen hast, und wir haben die ganze Zeit unter deinem Baum gewartet«, pflichtete ihm Lea bei.

»Fünf Tage? Das ist lang, wenn man unter einem Baum wartet«, gab Petronella zu. »Aber ihr könnt euch nicht vorstellen, wie viele Käferbeine ich in dieser Zeit verbunden habe und wie viele gebrochene Flügel ich schienen musste. Manchmal wusste ich vor lauter Patienten kaum noch, wo mir der Kopf steht. Ich hatte einfach keine Zeit für euch.« Petronella rieb sich die Nase. »Passt auf, ich werde mir tatsächlich eine Klingel anschaffen. Was haltet ihr davon? Eine Glocke mit einer ganz langen Schnur. Dann könnt ihr mich jederzeit erreichen. Und wenn ich wieder gerade keine Zeit habe, dann sage ich euch wenigstens Bescheid.«

Bereits am nächsten Morgen wurden die Kinder von flüsternden Stimmen und seltsamen Geräuschen geweckt. »Hörst du das?«, fragte Luis leise.

Lea stützte sich auf ihre Ellenbogen. »Was ist das?«

»Ich weiß nicht. Es kommt von draußen, und es klingt irgendwie ekelig«, antwortete Luis. »Es schmatzt und pupst so komisch.« Lea stand auf und schlich auf Zehenspitzen ans Fenster. Gerade wollte sie raussehen, als etwas Grünes, Schleimiges gegen das Fenster klatschte. Sie hörte aufgeregte Stimmen tuscheln. Im ersten Moment bekam Lea einen Schreck, dann grinste sie von einem Ohr bis zum anderen und winkte ihren Bruder heran. Vor dem Fenster standen Gurkenhut und Rübenbach auf einer Leiter und strichen die schleimige grüne Masse in die Fensterrahmen. Sie winkten den Kindern zu.

»Jetzt hast du sie geweckt. Ich habe doch gesagt, du sollst den Polarbärenrotz nicht gegen die Scheibe schmeißen«, schimpfte Gurkenhut.

»Und ich habe dir gesagt, dass ich heute nicht besonders zielsicher bin«, beschwerte sich Rübenbach. »Aber du hast ja darauf bestanden, dass ich das Zeug auftragen soll. Du bist dir ja zu fein für so etwas.«

»Unsinn«, knurrte Gurkenhut. Aber er knurrte nur leise, denn im

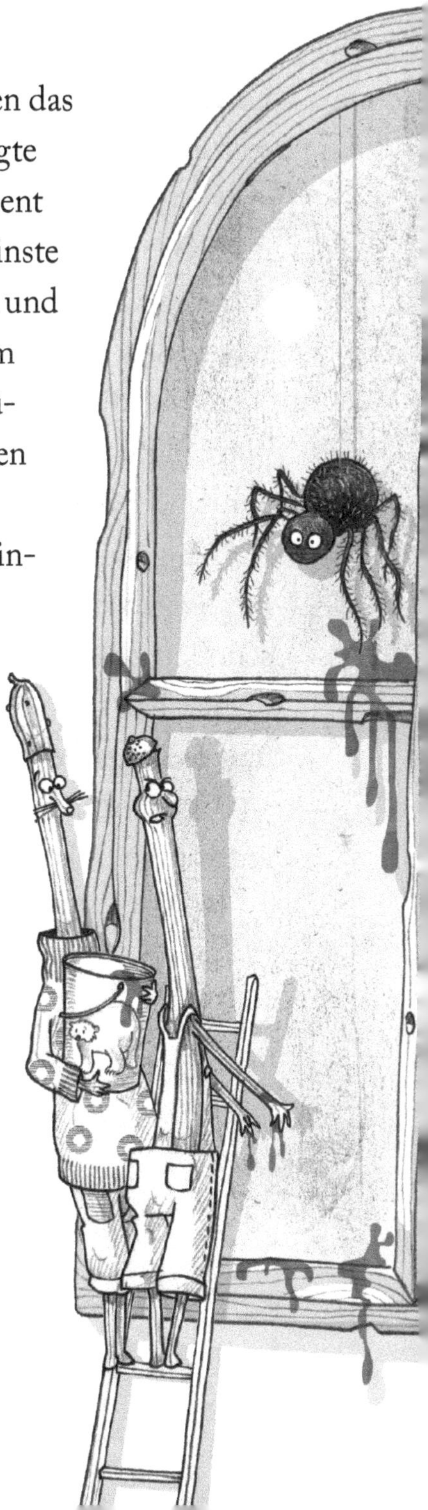

Grunde hatte Rübenbach recht. Es gab nichts Besseres zum Isolieren von Behausungen als Polarbärenrotz, aber es gab auch nichts Schleimigeres, Stinkenderes und Klebrigeres. Und wenn man einmal damit in Berührung kam, roch man tagelang nach eingeschlafenen Käsefüßen.

Sobald die Apfelmännchen die Fensterrahmen verputzt hatten, machte sich wohlige Wärme im Zimmer der Kinder breit.

»Ich glaub, ich träume. Das alles ist so unglaublich megagigacool«, sagte Luis und ließ sich rückwärts auf sein Bett fallen.

»Ich hab doch gleich gesagt, dass es hier zauberhaft und verwunschen zugeht, oder?«, lachte Lea.

»Und ich bin froh, dass ich Petronella entdeckt habe«, antwortete Luis.

Ein Rezept zum Verlieben

Von nun an waren die Kinder häufig bei Petronella zu Gast. Manchmal machten sie bei ihr sogar Hausaufgaben. Niemand konnte so lustig das große Einmaleins erklären wie Petronella. Es war eben etwas völlig anderes, ob 13 x 13 = 169 waren oder ob 13 x 13 kleine Blumenwichtel aufmarschierten und gemeinsam ein Lied anstimmten.

Eines Tages kamen die Zwillinge ganz aufgeregt in den Apfel geklettert. Bereits auf der Leiter wedelte Lea wild mit einem gelben Zettel.

»Petronella! Petronella!«, rief sie. »Guck mal, was sie vor der Bäckerei verteilt haben!«

Die Apfelhexe öffnete die Tür. »Man könnte meinen, ihr werdet von zehn schuppigen Wassermännern verfolgt«, stellte sie fest.

»Schau mal, was hier auf dem Zettel steht. Luis wollte ihn erst gar nicht mitnehmen«, keuchte Lea.

»Stimmt«, sagte Luis, der ausnahmsweise hinter seiner Schwester den Baum hochgeklettert war.

»Dann zeig mal her.«

Lea reichte Petronella den Zettel. »Darauf steht, dass die Bäckerinnung … oder so ähnlich … aber ist ja auch egal … Also auf jeden Fall veranstalten die einen Wettbewerb im Kuchenbacken. Und es gibt etwas Megacooles zu gewinnen.«

Petronella überflog das Schreiben. »Oha, es gibt zweihundertfünfzig Euro Preisgeld für den leckersten Kuchen. Nicht schlecht.«

»Lies weiter, das Beste kommt erst noch«, drängelte Lea.

Petronella las weiter: »… außerdem erhält der Gewinner fünf Legehennen.«

Lea machte einen Hüpfer. »Fünf Hühner, die sind so süüüß und flauschig und legen auch noch Eier. Wir müssen sie einfach gewinnen. Und wer weiß, wohin sie sonst kommen.«

»Vielleicht zu jemandem, der Suppe aus ihnen macht«, sagte Luis düster.

»Oh bitte, Petronella. Kennst du nicht ein oberleckeres Kuchenrezept?«

»Ja, und möglichst eins, mit dem wir auch gewinnen«, fügte Luis hinzu.

Die Hexe schmunzelte und dachte einen Moment

nach. »Hm.« Sie knetete ihre Nase. »Ich kenne viele leckere Kuchenrezepte, aber mein allerallerleckerstes ist ein Apfelkuchenrezept. Leider kann ich es nicht so einfach herausgeben.«

»Och, bitte, Petronella!«

»Es ist ein sehr altes Rezept, das von Hexengeneration zu Hexengeneration weitergegeben wird. Und genauso alt wie dieses Rezept ist auch die Apfelsorte, die man dafür verwendet. Sie heißt ›gestreiftes Winterbäckchen‹ und ist so gut wie ausgestorben.«

»Ein Apfel kann doch nicht Winterbäckchen heißen!«, kicherte Lea.

»Er ist ja auch ausgestorben«, sagte Luis.

»Er ist beinahe ausgestorben«, berichtigte ihn Petronella. »Aber wie es der Zufall will, hängt mein Apfel in genau solch einem Baum«, schmunzelte die Apfelhexe.

»Wirklich?? Oh bitte, gibst du uns das Rezept und ein paar von deinen Bäckchen?« Lea hüpfte vor lauter Aufregung schon wieder auf und ab. »Wir müssen uns nämlich beeilen, der Wettbewerb ist schon an diesem Wochenende.«

Petronella dachte kurz nach, denn normalerweise geben Hexen ihre Rezepte nicht preis. Weder die Rezepte für Zaubertränke noch die Rezepte für Apfelkuchen.

Darin sind sie sehr eigen, doch diesmal machte sie eine Ausnahme.

»Na gut«, sagte sie nach einer Weile. »Ihr sollt das Rezept haben. Aber ihr dürft es unter keinen Umständen weitergeben, verstanden?«

»Versprochen, juhuuu!!!«, schrien Lea und Luis.

»Traut ihr euch denn, ihn alleine zu backen?«, fragte die Hexe.

»Natürlich, notfalls fragen wir einfach unseren Papa. Der ist doch Bäcker! Wir brauchen ihm das Rezept ja nicht zu zeigen.«

»Na gut, dann setzt euch an den Tisch. Ich schreibe es euch auf.«

Petronella wedelte mit ihrem Zauberstab, und ein leeres Blatt Papier und ein Füller schwebten herbei.

»Man nehme …«, diktierte sie, und der Füller fing an zu schreiben. Nachdem das Rezept vollständig aufgeschrieben war, faltete Petronella das Papier zusammen und gab es den Kindern.

Überglücklich drückte Lea es an sich. »Willst du zu dem Wettbewerb nicht mitkommen?«

Die Apfelhexe schüttelte den Kopf.

»Ich kann so viele Menschen auf einem Haufen nicht ausstehen«, gestand sie.

»Dann erzählen wir dir später ganz genau, wie es gelaufen ist.«

Vergnügt machten sich die Kinder auf den Weg nach Hause. »Nun müssen wir Papa nur noch überreden, dass wir seinen Mixer und das ganze andere Zeug benutzen dürfen«, sagte Luis, während er auf den dicken Ast unter dem Apfelhaus hüpfte.

»Wartet!«, rief Petronella. »Fast hätte ich das Wichtigste vergessen.« Sie schnippte zweimal mit den Fingern, und sofort sprangen sechs Äpfel von den Zweigen. Brav legten sie sich in ein kleines Körbchen, das ganz plötzlich neben den Kindern stand. »Ich wünschte, ich könnte auch zaubern«, seufzte Lea. Petronella lächelte und sah ihnen nach, bis sie im Müllerhaus verschwunden waren.

Herr Kuchenbrand war von der Idee, an einem Backwettbewerb teilzunehmen, wenig begeistert. Er hatte keine Lust, seinen ehemaligen Chef wiederzusehen, und konnte sich auch nicht vorstellen, dass sie gewinnen würden. Es hatte keinen Sinn, dass die Kinder sich Hoffnung machten und dann enttäuscht wurden. Aber Lea und Luis ließen nicht locker, und als ihm seine Frau nun ebenfalls gut zuredete, gab Herr Kuchenbrand nach. Sofort machten sich die Kinder an die Arbeit. Ihr Vater gab ihnen hier und da einen Tipp, und so war es überhaupt kein Problem, den Kuchen nach Petronellas Rezept herzustellen. Als er dann fertig war und duftend vor ihnen auf dem Tisch stand, war Herr Kuchenbrand sehr stolz auf seine Kinder. Das Ergebnis konnte sich sehen lassen!

»So sehen Sieger aus!«, verkündete er strahlend und probierte

ein winziges Stück. Dann stutzte er. Der Kuchen sah nicht nur köstlich aus, er schmeckte auch ganz hervorragend.

Besorgt sahen die Kinder, wie er sich noch ein zweites, viel größeres Stück abschnitt und auf seinen Teller lud.

»Greift zu, Kinder! Maike, diesen Kuchen musst du probieren. Er ist fantastisch. Man hört die Engel im Himmel singen, so gut schmeckt er!«

»Ihr könnt ihn doch nicht aufessen. Wir wollen damit doch noch gewinnen!«, protestierte Luis.

»Natürlich wollt ihr gewinnen«, erklärte ihr Vater mit vollem Mund. »Aber zuerst müssen wir wissen, wie er schmeckt.«

»Wir können doch noch einen Kuchen backen. Woher habt ihr eigentlich das Rezept?«, fragte Frau Kuchenbrand.

»Das, ähm … das …« Luis dachte scharf nach. »Das hat uns Petro…«, stotterte er, als Lea ihm ins Wort fiel. »Das hat uns eine Nachbarin gegeben«, sagte sie schnell.

»Wir haben Nachbarn?«, fragte Frau Kuchenbrand erstaunt.

»Ja, sie wohnt auf der anderen Seite des Gartens«, sagte Lea.

»Dann müssen wir sie unbedingt einmal einladen«, überlegte ihre Mutter.

»Klar, aber sie ist selten zu Hause …«

»Stimmt!«, pflichtete Luis seiner Schwester bei. »Sie macht andauernd Urlaub.«

Frau Kuchenbrand runzelte die Stirn. »Sooo, und wie heißt unsere Nachbarin, die nie da ist?«

»Sie heißt Frau Apfelmus«, antwortete Lea.

»Apfelmus???« Herr Kuchenbrand prustete los. »Sie heißt Apfelmus und verteilt Apfelkuchenrezepte? Wie originell.« Die Eltern lachten.

Lea und Luis guckten böse. »Hört auf zu lachen. Petro… Frau Apfelmus ist sehr nett. Ich gehe jetzt rüber und frage, ob wir noch ein paar Äpfel bekommen. Es sind nämlich ganz besondere Äpfel«, sagte Luis wichtig.

»Aha!« Die Eltern staunten. »Ich würde gern mitkommen …«, sagte Frau Kuchenbrand.

»Ich glaube nicht, dass sie sich freuen würde, dich zu sehen«, winkte Luis ab.

Frau Kuchenbrand hob fragend die Augenbrauen. »Und warum nicht?«

»Sie … sie … ist etwas schüchtern«, erklärte Lea.

»Ja, genau. Sie ist schüchtern und misstrauisch und

kriegt juckenden Ausschlag, wenn fremde Menschen zu ihr kommen«, ergänzte Luis.

Lea verdrehte die Augen. »Er übertreibt. Komm Luis, wir holen Nachschub.« Schnell drängte sie ihren Bruder aus dem Haus.

»Musst du immer so übertreiben?«, schimpfte Lea, während sie durch den Garten stapften. »Du verdirbst noch alles. Wir können von Glück sagen, dass Mama sich damit zufriedengegeben hat. Juckender Ausschlag … Pah!«

Luis zog den Kopf zwischen die Schultern, das tat er immer, wenn er verlegen war. »Mir ist auf die Schnelle eben nichts Besseres eingefallen«, murmelte er zerknirscht.

Lea suchte im Dunkeln nach dem Seil mit der Glocke, die Petronella wie versprochen angebracht hatte, und zog dreimal kräftig daran. Sofort wurde oben die Tür geöffnet, und die Apfelhexe spähte nach unten in den dunklen Garten.

»Lasst mich raten, mein Kuchen hat euch so gut geschmeckt, dass ihr mit dem Probieren nicht mehr aufhören konntet, stimmt's?«

Verblüfft sahen sich die Zwillinge an. »Stimmt. Woher weißt du das?«

»Papa konnte nicht genug bekommen!«, erklärte Luis. »Und jetzt ist leider nichts mehr da, womit wir einen Preis gewinnen können. Würdest du uns noch ein paar von den gestreiften Äpfeln geben?«

Petronella lachte leise. »So etwas Ähnliches habe ich erwartet. Werft mir den Korb rauf!«

»Raufwerfen?«, fragte Lea.

»Nun mach schon«, drängte Luis. »Du hast doch gehört, was Petronella gesagt hat.«

Lea holte Schwung und schleuderte den leeren Korb hoch in die Luft. »Ist er angekommen?«, rief sie besorgt. Wegen der Dunkelheit konnte sie nicht sehen, ob sie gut gezielt hatte.

»Natürlich, Herzchen. Er ist direkt auf meinem Ast gelandet! Wartet, bis ich die Äpfel hineingelegt habe.«

»Ähm, Petronella!« Das war Luis. »Könntest du nicht ein bisschen zaubern und statt der Äpfel gleich den fertigen Kuchen hineinlegen?«

Verärgert sah Lea ihren Bruder an. »Spinnst du? Wir müssen ihn selber backen, sonst zählt es nicht.«

»Wieso? Wir haben ihn doch schon einmal gebacken … So ein Kuchen dauert verflixt lange, und für Petronella ist das eine Kleinigkeit …«

Jetzt mischte sich auch die Apfelhexe in das Gespräch. »Wenn ihr gewinnen wollt, müsst ihr den Kuchen selbst backen, da führt kein Weg dran vorbei. Und zwar mit Sorgfalt und Liebe, sonst klappt es nicht!«

Luis seufzte. »Ich werde es versuchen, aber ob ich das mit der Liebe noch einmal hinkriege …«

Schnell gab Lea ihrem Bruder einen Knuff. »Sei still!«, zischelte sie.

Petronella musste gegen ihren Willen schmunzeln. »Hier kommen die Äpfel. Streckt die Hände aus, ihr Kröten. Der Korb ist auf dem Weg nach unten!«

Es raschelte zwischen den Blättern, und gleich darauf landete das Körbchen wieder in Leas Armen. Sechs gestreifte Winterbäckchen lagen darin. Das würde reichen, um einen neuen Kuchen zu backen. Schnell winkten die Kinder Petronella zu und sausten zurück ins Müllerhaus.

Petronella setzte sich ans Fenster und beobachtete die Kuchenbäcker durch ihr Piratenfernrohr. Die Kinder waren eifrig dabei, und Herr Kuchenbrand stand ihnen auch diesmal mit Rat und Tat zur Seite. Der Schornstein dampfte, der alte Ofen ächzte, und wenig später stand der Kuchen zum Abkühlen auf dem Ofenrost.

Später am Abend, als die Kinder bereits in ihren Betten lagen und die Kuchenbrands gemütlich vor dem Fernseher saßen, schlich sich Petronella noch einmal durch die Hintertür in die Küche der Mühle und blies eine winzige Prise glitzernden Zauberstaub über den duftenden Kuchen. Sie wollte ganz sicher sein, dass er den Wettbewerb gewann – und dabei konnte ein bisschen Magie gewiss nicht schaden.

Tolle Torten

Am nächsten Tag war es dann so weit. Familie Kuchenbrand machte sich mit dem Bus auf den Weg und stand wenig später vor dem Einkaufszentrum, in dem der Wettbewerb stattfinden sollte. Es herrschte reger Trubel. Von überall strömten die Menschen heran und brachten selbst gebackene Torten und Kuchen mit. Die Zwillinge und ihre Eltern stellten sich in die lange Schlange vor dem Eingang und warteten geduldig, bis ihnen eine Startnummer für ihren Kuchen zugeteilt wurde. Dann bauten sie ihren Kuchen auf einem der langen Tische auf und warteten.

Herrn Kuchenbrand wurde die Warterei bald zu lang, also machte er einen Rundgang und traf auf viele alte Kollegen, mit denen er sich prächtig unterhielt. Weniger prächtig war, dass er dabei auch auf Herrn Kümmerling traf.

»Sieh mal einer an. Kuchenbrand! Was machen Sie denn hier?«, grüßte sein ehemaliger Chef.

»Dreimal dürfen Sie raten«, antwortete Herr Kuchenbrand kurz angebunden.

»Sie wollen doch nicht etwa den Wettbewerb gewinnen?«, lachte Herr Kümmerling, und sein Goldzahn blitzte.

»Allerdings, das haben wir vor.«

»Wir? Ach so, die lieben Kleinen sind auch mit dabei. Wie konnten Sie ihnen das nur antun? Kinder sind doch immer so schnell enttäuscht, wenn sie verlieren!«, grinste Herr Kümmerling noch breiter. »Gegen meinen Teig, geknetet von einem Rührmix 5000, kommt niemand an. So locker, so köstlich … Sie werden sehen, mein Lieber, schon Morgen ist meine Bäckerei in aller Munde.« Herablassend schlug er Herrn Kuchenbrand auf die Schulter.

»Warten wir's ab«, knurrte der.

Inzwischen sahen sich auch Luis und Lea zwischen all den Torten und Kuchen ganz genau um. Auf den ersten Blick wirkten die aufgereihten Kuchen alle recht appetitlich. Es gab Bananenkuchen, Erdbeerkuchen, Streuselkuchen und doppelstöckige Schokoladentorten. Die Nummer dreizehn stellte jedoch alle anderen Kuchen in den Schatten. Es war eine siebenstöckige hellblaue Cremetorte, die kunstvoll mit Girlanden und Krönchen aus Marzipan verziert war. Neugierig lasen die Kinder das Schild, auf dem stand, wer die Torte gebacken hatte. Natürlich! Es war der Kuchen der Bäckerei Kümmerling.

»Die sieht aber hübsch aus«, staunte Lea.

»Ich finde die Farbe komisch«, sagte Luis. »Und ich wette, die Torte liegt einem wie Blei im Magen.«

Lea kicherte. »Sieh mal, dahinten sind die Hühner.« In einem kleinen Auslauf, mitten im Einkaufszentrum, drängten sich fünf weiße Hühner dicht aneinander und beäugten die Besucher misstrauisch aus ihren hellen Hühneraugen.

»Och, sind die niedlich!«, schwärmte Lea.

»Bald zieht ihr ins Müllerhaus«, versprach Luis.

Dann wurde es spannend.

»Wir müssen zurück an unseren Tisch«, sagte Lea und stieß ihren Bruder an.

»Da seid ihr ja endlich.« Frau Kuchenbrand war erleichtert. »Es hat schon angefangen, die Jury hat die ersten Kuchen bereits bewertet.«

Herr Kuchenbrand, der noch einen Kollegen getroffen hatte, drängte sich durch die Menge. »Jetzt heißt es alles oder nichts«, murmelte er.

Petronellas Kuchen hatte die Startnummer 23. Zeit genug, die Jury zu beobachten. Sie bestand aus drei Bäckermeistern, aber auch eine Hausfrau und eine Fernsehmoderatorin waren mit von der Partie. Langsam gingen sie von Kuchen zu Kuchen. Sie nahmen sich Zeit, jeden

einzelnen genau zu betrachten und zu beschnuppern, bevor sie ein winziges Stück davon probierten. Das Ergebnis trug jedes Jurymitglied in eine Liste ein.

Jetzt war die Bäckerei Kümmerling an der Reihe. Anerkennend umrundete die Jury die siebenstöckige Torte und machte sich Notizen. Anschließend probierten sie davon und nickten zustimmend.

Herr Kümmerling strahlte so breit, dass sein Goldzahn aufblitzte. Siegessicher nickte er den Kuchenbrands zu.

»Der olle Kümmerling freut sich wie Schnitzel, weil er glaubt, dass er gewinnt«, stellte Luis mürrisch fest.

»Abwarten«, knirschte Herr Kuchenbrand. »Wer zuletzt lacht, lacht am besten.«

Dann war es endlich so weit, die Jury trat an den Tisch von Familie Kuchenbrand und besah Petronellas Kuchen. »Optisch sehr gut«, murmelte einer der Bäckermeister. Den Schnüffeltest bestand Petronellas Kuchen ebenfalls mit links. Dann kam der Geschmackstest! Die Jurymitglieder nahmen einen Bissen, ließen ihn sich auf der Zunge zergehen, schmeckten, schnalzten und schluckten. Dann sahen sie sich an, sagten aber nichts.

Lea und Luis traten nervös von einem Fuß auf den anderen. Was hatte das zu bedeuten?

Die Jury bat um einen zweiten Bissen. Wieder schnalzten und schmeckten sie, dann verdrehte der erste Bäckermeister genießerisch die Augen. Die Hausfrau seufzte, und die Frau vom Fernsehen murmelte: »Unglaublich, darf ich noch einmal …?« Herr Kuchenbrand schnitt fünf weitere Stücke von dem Kuchen ab. Die Jury griff zu, und diesmal breitete sich sofort ein Lächeln auf ihren Gesichtern aus. Sie machten eifrig Notizen und wanderten weiter zum nächsten Tisch.

Fragend sah Lea ihren Vater an. »Was meinst du, hat er ihnen geschmeckt?«

»Ich glaube schon«, antwortete der. »Aber genau wissen wir es erst, wenn sie ihr Urteil verkündet haben.«

Jetzt hieß es wieder warten. Schließlich waren über vierzig Kuchen am Start.

»Ich wünschte, Petronella wäre hier«, sagte Lea leise zu Luis. »Die könnte einmal mit ihrem Zauberstab wackeln, und die Jury würde unserem Kuchen sofort den ersten Preis geben.«

»Stimmt«, meinte Luis. »Aber wer weiß, vielleicht ist sie ja sogar hier.« Suchend sah er sich um.

»Glaub ich nicht«, sagte Lea. »Ich habe schon überall geguckt.«

Ein schlechter Verlierer

Doch da irrte Lea sich.

Petronella war eine ganze Weile unruhig in ihrem Apfel auf und ab gestapft und dabei ein ums andere Mal fast über Lucius gestolpert. Schließlich holte sie tief Luft. »Ich halte es einfach nicht aus. Lass uns hinfliegen und nachsehen, ob unser Rezept gewinnt.«

»Ich habe es geahnt«, stöhnte Lucius. Wie Petronella hasste er es, wenn Menschen in Massen auftraten – und das war bei einem Wettbewerb wohl zu erwarten. Trotzdem ließ er die Apfelhexe auf seinem Rücken Platz nehmen und flog los.

Rechtzeitig zur Preisverleihung kamen sie an. Lucius landete auf einer großen, dicken Weintraube, die als herbstliche Dekoration von der Decke des Einkaufszentrums baumelte. Sie befand sich direkt gegenüber der Bühne, auf der die Jury sich versammelt hatte. Die fünf Jurymitglieder steckten noch einmal die Köpfe zusammen und tauschten die letzten Zettel aus. Dann stand die Fernsehmoderatorin auf und trat an das Mikrofon.

»Herzlich willkommen, meine sehr verehrten Damen und Herren, liebe Kuchenbäcker. Ich begrüße Sie zu unserem ersten Kuchenbackwettbewerb, der von der Bäckerei Kümmerling ins Leben gerufen wurde.«

Herr Kümmerling sprang auf die Bühne und verbeugte sich nach allen Seiten. Die Zuschauer applaudierten.

»Eingebildeter Kerl«, schnaubte Petronella und rutschte auf Lucius' Rücken weiter nach vorn, um besser sehen zu können. »Da sind die Kinder!«, rief sie dann. »Sie stehen direkt vor der Bühne.«

»Könntest du vielleicht still sitzen? Es ist nicht einfach, auf einer glatten, runden Weintraube Halt zu finden«, murrte Lucius.

»Die Jury hat es sich nicht leicht gemacht, aus den zweiundvierzig köstlichen Kuchen den besten herauszufinden. Doch jetzt ist unsere Entscheidung gefallen, und ich möchte Sie nicht länger auf die Folter spannen. Also ...« Die Moderatorin machte eine kurze Pause, um die Spannung zu erhöhen.

Luis kaute nervös an seinen Fingernägeln. »Na los, sag schon ...«, drängelte er leise.

»Platz drei ...«

»Bitte nicht, bitte nicht!«, murmelte Lea.

»Platz drei geht an einen herrlich fluffigen Schokoladenkuchen. Er hat die Startnummer 38, und die Bäckerin ist Susi Sander. Herzlichen Glückwunsch, Frau Sander!«

Ein begeisterter Schrei ertönte und eine junge Frau stürmte auf die Bühne. Stolz nahm sie die Bronzemedaille und ihre Urkunde entgegen.

Herr Kümmerling drängte sich dicht an Herrn Kuchenbrand heran. »Na, Kuchenbrand, noch Hoffnung?«

Herr Kuchenbrand bekam vor Wut einen roten Kopf und tat so, als hätte er die Frage nicht gehört.

»Dieser aufgeblasene Luftballon«, flüsterte Petronella, die die Szene mit angesehen hatte. Zornig griff sie nach ihrem Zauberstab und richtete ihn auf Herrn Kümmerling. »Zauberkraut und Hexenbrühe …«, murmelte sie beschwörend. Da fiel ihr Lucius ins Wort.

»Bist du wahnsinnig? Du willst doch nicht etwa zaubern? Warte das Urteil der Jury doch erst einmal ab.«

Lucius hatte recht. Es war nicht klug, vor all den Menschen zu zaubern. Zerknirscht steckte Petronella den Zauberstab wieder weg.

»Der zweite Platz geht an eine originelle, besonders locker geschlagene siebenstöckige Torte. Sie hat die Startnummer 13 und ist ein Produkt der Bäckerei Kümmerling. Herzlichen Glückwunsch!«

Herr Kümmerling wurde erst blass und dann dunkelrot. »Was!? – Nur der zweite Platz!« Er sprang auf die Bühne und machte seinem Ärger Luft. (Dabei achtete er darauf, nur so laut zu sprechen, dass ihn außer der Jury niemand aus dem Publikum hören konnte, das natürlich ordentlich die Ohren spitzte.)

»Platz zwei«, fauchte er. »Was erlauben Sie sich …? Die Silbermedaille, die soll mein Preis sein …? Obwohl dieser Wettbewerb meine Idee war, obwohl ich mich in Unkosten gestürzt habe und obwohl ich das Preisgeld aus meiner eigenen Tasche zahle? Glauben Sie, ich will mich ruinieren?«

»Beruhigen Sie sich, Herr Kümmerling. Was sollen die Leute denken …«, versuchte die Moderatorin, ihn zu beruhigen.

Das wirkte. Herr Kümmerling holte tief Luft und nahm Medaille und Urkunde entgegen. Dann trat er ans Mikrofon und zwang sich zu einem strahlenden Lächeln. »Was für ein toller Erfolg für meine Bäckerei. Bereits ab morgen gibt es diesen Siegerkuchen bei uns zu kaufen. Also, schauen Sie vorbei und reservieren Sie sich ein Stück!« Mit diesen Worten verließ er die

Bühne. Die Medaille und die Urkunde warf er in den nächsten Papierkorb.

»Und damit kommen wir zum Sieger dieses Wettbewerbs«, erklärte die Moderatorin mit bezauberndem Lächeln.

»Der Siegerkuchen, den wir heute auszeichnen, ist ein Apfelkuchen ...«

»Jepp!!!«, riefen die Zwillinge und klatschten sich ab.

»Er hat uns alle bezaubert.«

»Ich halte es gleich nicht mehr aus ...«, quietschte Lea.

»Nun sag schon, wer gewonnen hat, sonst werde ich wahnsinnig«, schimpfte Luis. Seine Mutter legte ihm beruhigend die Hand auf die Schulter.

»Der Apfelkuchen, von dem ich spreche, ist fantastisch. Der Teig ist luftig wie ein Wattewölkchen. Die Äpfel haben eine so feine Säure, dass einem der Geschmack auf der Zunge hüpft. Es ist der pure Genuss, in diesen Kuchen zu beißen. Ein Geschmackserlebnis, das seinesgleichen sucht. Darüber hinaus ist er einfach in der Herstellung ... Genug der Worte! Der Kuchen, von dem ich spreche, hat die Startnummer 23 und wurde von Lea und Luis Kuchenbrand gebacken. Kommt bitte zu mir auf die Bühne!«

»Jaaaa! Hurra!! Ich hab's gewusst! Jippii!«, schrie Familie Kuchenbrand durcheinander.

Herr Kuchenbrand schaute Herrn Kümmerling an und grinste frech. Der schnaubte vor Wut und verschwand in der Menge.

Lea und Luis gingen auf die Bühne und nahmen ihre Goldmedaille und das Preisgeld entgegen.

»Einem Hexenrezept, gewürzt mit einer Prise Magie, kann niemand widerstehen!«, rief Petronella überschwänglich. Begeistert sprang sie auf und wagte ein Freudentänzchen auf Lucius' Rücken.

Dabei passierte es: Die Hexe verlor den Halt, fuchtelte wild mit den Armen, stürzte ab und riss Lucius mit sich in die Tiefe. Kopfüber purzelten sie in die Menschenmenge. Es war ein Glück, dass die Zuschauer dicht gedrängt standen, so dämpften ihre Jacken und Mäntel den Sturz der beiden.

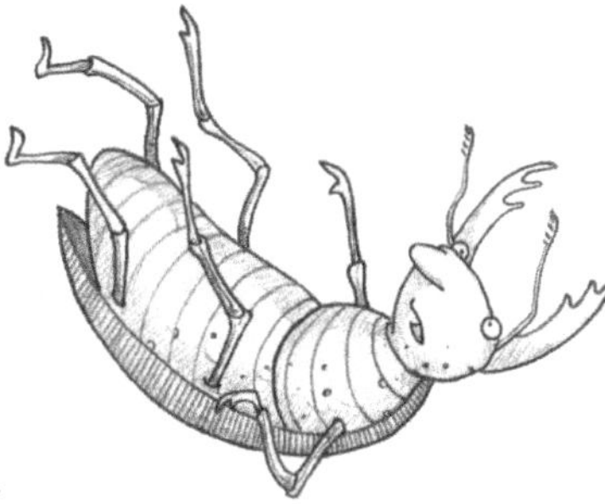

Allerdings sind die Menschen in Europa weder kleine Hexen noch große stattliche Käfer gewohnt. Die Frau, auf deren Kragen Petronella und Lucius gelandet waren, schrie auf, als sie den Käfer erblickte, und schlug ihn mit der Hand von ihrer Schulter. Petronella konnte sich nicht länger an Lucius festhalten und plumpste zu Boden. Der Hirschkäfer landete jedoch im Kragen eines älteren Herrn. Der packte ihn beherzt am

Bein und schleuderte Lucius in die Menge. Jetzt brach Panik aus.

»Iiiiihhhh!!! Ein Insekt! Es ist riesengroß! Ich glaube, es ist eine Vogelspinne!«, riefen die Besucher und schlugen wild um sich. Lucius war inzwischen unsanft auf dem Fußboden gelandet, als ein Mann ihn erneut entdeckte. »Da ist das Vieh!«, schrie er. Und jetzt wurde es wirklich gefährlich, denn die umstehenden Menschen fingen an, nach Lucius zu treten. Dabei führten

sie wahre Stepptänze auf. Nur seiner Geschicklichkeit war es zu verdanken, dass der Käfer nicht zerquetscht wurde.

Petronella, die ebenfalls in Gefahr war, unter irgendeinem Schuh zu landen, musste handeln. Schnell griff sie in ihre Manteltasche und zog eine kleine hölzerne Dose heraus. Darin lagen sieben magische Apfelkerne. Nahm man sie in die rechte Hand und schüttelte sie, fing man an zu wachsen. Nahm man sie in die linke Hand und schüttelte sie, schrumpfte man. Diese Dose hatte Petronella immer bei sich, wenn sie unterwegs war. Es war einfach zu umständlich, die Strickleiter überallhin mitzuschleppen.

Jetzt nahm Petronella die Dose in ihre rechte Hand, schüttelte sie und wuchs zu ihrer menschlichen Größe heran. Das war zwar noch immer recht klein, aber sie lief wenigstens nicht mehr Gefahr, zertreten zu werden. Mit spitzen Ellenbogen bahnte sie sich einen Weg durch die Menge. Sie musste Lucius retten, bevor es zu spät war. Es war nicht schwer zu erkennen, wo er sich aufhielt, denn dort hüpften und trampelten die Menschen am allermeisten.

Endlich hatte Petronella ihren Freund erreicht. Lucius hatte es geschafft, sich unter einem Blumenkübel zu verkriechen. Schnell bückte sie sich und ließ den Käfer in ihrer Jackentasche verschwinden.

»Was ist denn das für eine merkwürdige Frau?«, plärrte plötzlich eine dicke Dame.

»Seltsamer Hut, den sie da trägt.«

»Sie hat das Insekt eingesteckt«, bemerkte ein Mann mit Schnurrbart. »Sicher hat sie es auch auf uns losgelassen.«

Jetzt richtete sich die allgemeine Aufmerksamkeit auf Petronella. Es wurde höchste Zeit zu gehen.

Erste Hilfe

Auf der Bühne hatten die Zwillinge gerade ihre Auszeichnung und das Preisgeld entgegengenommen, als Lea einen Hut in der Menge entdeckte, der ihr seltsam bekannt vorkam und der sich schnell in Richtung Ausgang entfernte.

Sie stieß Luis in die Rippen. »War das nicht Petronella?«

»Wer?«, fragte Luis.

»Die Frau dahinten am Ausgang. Schade, ich hätte ihr so gerne unsere Medaille gezeigt.«

Da tippte die Moderatorin den Kindern auf die Schulter. »Und nun kommen wir zu dem letzten Teil eures Gewinns. Den fünf Hühnern. Wenn ihr einmal zum Bühnenrand gehen wollt. Da warten sie schon, transportbereit in einem großen Karton.«

»Juhuuuu!«, riefen die Zwillinge und stürzten von der Bühne. Petronella war in dem Moment vergessen.

Herr und Frau Kuchenbrand sahen sich an. »Hühner?«, fragten beide im Chor.

»Haben wir euch das etwa nicht erzählt?«, fragte Luis

und tat erstaunt. »Der Gewinn, das sind nicht nur die zweihundertfünfzig Euro, das sind auch fünf Hühner.«

»Fünf Hühner, soso! Ich fürchte, das habt ihr tatsächlich vergessen zu erzählen«, sagte ihr Vater streng. »Leider haben wir keine Verwendung für solches Federvieh.«

»Wir lassen sie hier«, erklärte auch ihre Mutter.

Lea und Luis waren entsetzt. »Oh nein! Mama, das kannst du nicht machen!«, schrien sie durcheinander.

»Oh doch, ich kann«, erwiderte Frau Kuchenbrand trocken.

»Das ist gemein, wir haben nur wegen der Hühner an dem Wettbewerb teilgenommen. – Und jetzt sollen sie hierbleiben? Willst du, dass irgendjemand Suppe aus ihnen kocht?«, rief Luis.

Lea brach in Tränen aus. »Ihr seid so ungerecht«, schniefte sie. »Erst schleppt ihr uns in das beknackte Müllerhaus und sagt, wir sollen das Beste daraus machen. Und dann, dann dürfen wir nicht einmal ein paar weiße Hühner halten.«

Man sah ihren Eltern förmlich an, dass sie sofort ein schlechtes Gewissen bekamen. Frau Kuchenbrand zog ihren Mann beiseite, und sie tuschelten eine Weile. Schließlich drehte sich Herr Kuchenbrand zu den Kindern um.

»Na gut, ihr dürft die Hühner behalten. Aber dann sind wir quitt. Keine Meckereien mehr über das Müllerhaus. Denn ich finde es inzwischen recht gemütlich. Jetzt, wo es plötzlich nicht mehr zieht und der Ofen wieder funktioniert.«

Lea und Luis hüpften vor Freude wie Gummibälle auf und ab. »Versprochen!«, riefen sie. »Hier, Papa, du kannst den Scheck haben, wir nehmen die Hühner.« Stolz trugen sie den Karton zwischen sich nach draußen.

Herr und Frau Kuchenbrand bedankten sich noch einmal bei der Jury und mussten sich dann tüchtig beeilen, um hinter ihren Kindern herzukommen, denn die wollten jetzt so schnell wie möglich nach Hause. Sie sahen nicht, wie Herr Kümmerling die Bühne betrat und schnell ein Stück von Petronellas Apfelkuchen probierte.

Petronella hatte es auch sehr eilig, das Einkaufszentrum zu verlassen. Sie machte sich große Sorgen um ihren Freund, der sich in ihrer Manteltasche ungewöhnlich still verhielt. Kaum hatte sie den Parkplatz erreicht, da huschte sie auch schon hinter ein paar Müllcontainer und griff ängstlich nach dem Käfer.

»Lucius«, flüsterte sie. »Lucius, ist alles in Ordnung?

Warum sagst du denn nichts? Meine Güte, du bist ja ganz kalt!« Vorsichtig zog sie den Käfer heraus und sofort fuhr ihr der Schreck in die Glieder. Lucius war nicht nur kalt, sondern auch ganz steif. Er lag auf dem Rücken und streckte alle Käferbeine von sich. Eine eiserne Faust schloss sich um Petronellas Herz. »Lucius, Lucius!«, schrie sie. »Was ist los mit dir? Sag doch etwas!« Aber Lucius blieb stumm.

Petronella schüttelte ihn in ihrer Hand, dann kitzelte sie ihn am Bauch. Nichts, Lucius lag weiterhin leblos auf dem Rücken.

»O.k., o.k.«, sagte Petronella zu sich selbst. »Nur nicht nervös werden. Denk gefälligst nach. Wozu bist du eine Hexe? Ich werde es mit einem Zauber versuchen. Aber mit welchem? Mit welchem? Mir fällt kein passender Zauber ein. Oh Himmel … «,

schimpfte Petronella. »Ich versuche es mit diesem: ›Hasenfuß und Mäusekeckern, Lucius soll wieder meckern. Hokuspokus 1, 2, 3, fertig ist die Zauberei.‹« Petronella wartete einen Moment, aber nichts geschah. Verdammter Zauberspruch, weshalb wirkte er nicht? Sicher hatte sie etwas vergessen. Gerade wollte Petronella es noch einmal probieren, als eine helle Stimme sagte: »Dem geht es gut, er stellt sich nur tot.« Erstaunt sah die Apfelhexe sich um, aber sie konnte niemanden entdecken.

»Ich bin hier, hier auf deinem Ärmel.« Tatsächlich, da saß ein winziger Marienkäfer mit sieben Punkten.

»Du meinst, Lucius stellt sich nur tot?«, fragte Petronella hoffnungsvoll.

Der kleine Marienkäfer nickte.

»Woher weißt du das?«

»Das sieht man«, erklärte der Marienkäfer.

»So, das sieht man. Dann erklär mir doch bitte mal, woran.« Ein Käfer, der sich tot stellte, war Petronella bislang noch nicht untergekommen.

»Er hat geblinzelt, außerdem hört man ihn atmen«, erklärte der Marienkäfer.

»So, das hört man also …« Petronella brachte ihr Ohr ganz dicht an Lucius, aber sie hörte nichts.

»Und wann hört er damit auf?«, fragte sie.

»Mit dem Atmen?«, fragte der kleine Marienkäfer zurück.

»Unsinn! Wann hört er auf, sich tot zu stellen?«

Der Marienkäfer zuckte mit den Schultern. »Keine Ahnung, es kommt darauf an, wie sehr er sich erschreckt hat.«

»Ich fürchte, er hat sich sehr erschreckt«, sagte Petronella betrübt. »Er wäre nämlich beinahe totgetrampelt worden.«

»Da kann es ein paar Stunden dauern, bis er sich wieder bewegt.«

»Dann trage ich ihn wohl besser nach Hause«, meinte die kleine Hexe und wollte Lucius zurück in ihre Tasche stecken.

»Du kannst ihn aber auch aufwecken«, fuhr der kleine Marienkäfer fort.

Petronella sah ihn ungläubig an. »Und das sagst du mir erst jetzt?«, blaffte sie.

»Du hast mich ja nicht danach gefragt«, verteidigte sich der Marienkäfer.

Petronella holte tief Luft. Sie spürte deutlich, wie ihre Geduld zu Ende ging. »Gut«, sagte sie gedehnt. »Dann frage ich dich jetzt ganz offiziell: Wie weckt man einen Hirschkäfer wieder auf, wenn er sich tot stellt?«

»Man pustet ihn an«, antwortete der Marienkäfer.

»Man pustet ihn an? Davon habe ich noch nie etwas gehört …«

»Tja, auch Hexen sind nicht allwissend«, erwiderte der Marienkäfer seelenruhig.

»Scheint so«, murmelte Petronella grimmig. Dann legte sie Lucius auf ihre flache Hand, beugte sich über ihn und blies ganz sacht ihren Atem über den Käfer.

»Dreimal! Du musst dreimal pusten«, erklärte der Marienkäfer.

Petronella pustete zwei weitere Male und hoffte inständig, dass der Käfer recht behalten möge. Er behielt recht. Kaum war der Atem der Hexe dreimal über den Käfer gestrichen, fing dieser auch schon an, sich zu bewegen. Zuerst öffnete er die Augen, dann bewegte er probehalber seine Greifzangen, und schließlich sprang er mit einem Ruck auf.

»Wie … wa… wo …? Was ist geschehen? Lebe ich, oder bin ich schon tot?«

Petronella fiel eine ganze Steinlawine vom Herzen. Sie lächelte breit. »Du lebst, Käferlein. Du lebst. Aber du musst dich noch schonen. Ich werde dich nach Hause tragen.«

»Du willst den ganzen Weg zu Fuß gehen?«

»Warum nicht? Nach dem Schrecken tut mir Bewegung sicherlich gut.« Petronella setzte Lucius auf ihre Schulter und marschierte los.

»Gern geschehen!«, rief da ein helles Stimmchen.

Petronella blieb stehen. »Entschuldige!«, sagte sie, und man sah ihr das schlechte Gewissen an. »Beinahe wäre ich losgelaufen und hätte mich nicht einmal bedankt. Also: Ich danke dir, kleiner Marienkäfer, für deine großartige Hilfe!« Petronella verbeugte sich. Dann kramte sie in ihrer Manteltasche und zog eine Visitenkarte heraus. »Hier ist meine Karte. Darauf stehen mein Name und meine Adresse. Solltest du einmal in Schwierigkeiten geraten, zögere nicht, mich um Hilfe zu bitten.« Petronella umschloss die Karte mit ihrer Faust, und als sie die Faust wieder öffnete, war die Visitenkarte auf Marienkäfergröße geschrumpft. Dann marschierte sie los.

Der Marienkäfer besah sich die Karte genau und schob sie dann sorgfältig unter seinen Panzer. Denn schließlich konnte man nie wissen, ob man einmal die Hilfe einer Hexe gebrauchen konnte.

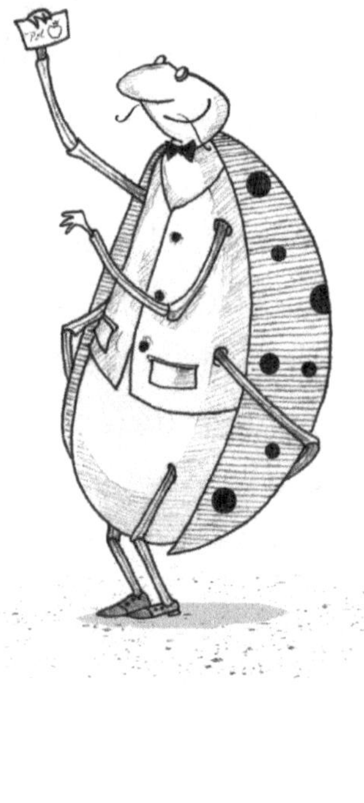

Ein unseriöses Angebot

Zur selben Zeit, als Petronella sich zu Fuß auf den Weg zu ihrem Apfelbaum machte, stand Familie Kuchenbrand an der Bushaltestelle und wartete auf die Linie 121.

»Die Hühner frieren schon. Wann kommt der blöde Bus denn endlich?«, quengelte Lea. Tatsächlich war es alles andere als gemütlich in dem zugigen Wartehäuschen. Ein kalter Wind blies, und es wurde auch schon dunkel.

Da kam plötzlich eine schwarze Limousine um die Ecke gefahren und hielt genau vor der Haltestelle an. Die getönte Scheibe wurde heruntergelassen, und ein Goldzahn blitzte auf.

»Gratuliere zum ersten Platz, Kuchenbrand. Und natürlich zu den Hühnern.« Herr Kümmerling lachte meckernd. »Wie das Sprichwort schon sagt: Auch ein blindes Huhn findet mal ein Korn. Schön, dass es heute bei Ihnen geklappt hat.« Er machte eine kurze Pause. »Sicher nicht besonders gemütlich, hier auf den Bus zu warten. Warum steigen Sie mit Ihrer reizenden Frau und den lieben Kleinen nicht zu mir in den Wagen? Ich möchte Ihnen ein Angebot machen, das Sie kaum ablehnen können.«

Herr Kuchenbrand ballte die Fäuste. »Verschwinden Sie, Kümmerling! Es steht sich hier ganz ausgezeichnet. Saubere Luft … verstehen Sie?«

»Eingebildet sind Sie also auch noch. Aber wie sagt man so schön? Hochmut kommt vor dem Fall. Und im freien Fall befinden Sie sich doch wohl? Oder haben Sie schon einen neuen Job?«

Dieser Hieb saß. Nur mit Mühe konnte Frau Kuchenbrand ihren Mann davon abhalten, Herrn Kümmerling aus dem offenen Wagenfenster zu ziehen.

»Schon gut, schon gut …«, beschwichtigte der. »Wir müssen keine Freunde werden, aber vielleicht finden wir geschäftlich zueinander. Wenn Sie es nicht anders wollen, mache ich Ihnen mein Angebot eben hier,

an einer zugigen Bushaltestelle. Hören Sie zu, Kuchenbrand. Ich biete Ihnen für das Rezept fünftausend Euro. Was sagen Sie nun? Fünftausend Riesen dürften für Sie keine Kleinigkeit sein.« Wieder lachte er meckernd.

Die Kinder waren empört. Was fiel diesem grässlichen Mann ein, so mit ihrem Vater zu reden? Luis zog seinen Vater am Ärmel und flüsterte: »Wir dürfen das Rezept nicht herausgeben. Das mussten wir Pet... Frau Apfelmus versprechen.«

»Ich habe auch nicht vor, es herauszugeben«, versicherte sein Vater zornig.

»Nun, Kuchenbrand? Was sagen Sie zu meinem Angebot?«

»Ich sage Ihnen ein herzliches Nein!«

»Nein?« Ungläubig zog Herr Kümmerling die Augenbrauen hoch. »Sie sagen Nein?«

Herr Kuchenbrand nickte.

»Ein Nein kann ich leider nicht akzeptieren, Kuchenbrand.« Herr Kümmerling lächelte sein Haifischlächeln.

»O.k., mein letztes Angebot … Sechstausend Euro. Denken Sie gut darüber nach, Kuchenbrand. Morgen Abend komme ich bei Ihnen vorbei, um mir Ihre Antwort abzuholen.« Er klopfte gegen den Rücksitz, und sein Fahrer gab Gas. Wie ein Pfeil sauste die schwarze Limousine davon.

»Der war aber grässlich«, sagte Lea.

»Du brauchst dich nicht vor ihm zu fürchten«, beruhigte sie Herr Kuchenbrand. »Manche Menschen glauben eben, mit Geld lässt sich alles kaufen. Ach, schaut mal! Da kommt unser Bus.« Die Erleichterung war Herrn Kuchenbrand anzumerken.

Zu viert setzten sie sich auf die letzte Bank. Den Karton mit den Hühnern stellten Lea und Luis zwischen sich und hielten ihn in den Kurven gut fest. Herr Kümmerling ging Lea nicht aus dem Kopf. »Aber was machen wir, wenn der olle Kümmerling tatsächlich morgen Abend vorbeikommt?«, fragte sie besorgt.

Herr Kuchenbrand zog seine Tochter fest an sich. »Dann, mein Schatz, fliegt er hochkant wieder raus. So einfach ist das.«

Luis grinste. »Prima, ich gebe ihm einen Tritt in den Hintern und draußen ist er.« Lea kicherte.

»Also Luis«, tadelte Frau Kuchenbrand. »Überlegt euch lieber, wo die Hühner heute Nacht schlafen sollen. Sie können ja nicht in diesem winzigen Karton bleiben.«

»Natürlich nicht! Heute Nacht schlafen sie bei Luis und mir im Zimmer. Und morgen früh setzen wir sie in den Küchengarten hinter dem Haus«, erklärte Lea.

»Der Küchengarten ist okay, aber in eurem Zimmer können sie heute Nacht nicht bleiben, da machen sie überall hin.«

»Also, Hühnerkacke will ich auf keinen Fall in meinem Zimmer haben!«, protestierte Luis. »Warum können sie nicht im Wohnzimmer übernachten? Ich meine, nur so lange, bis sie einen eigenen Stall haben.«

»Im Wohnzimmer? Ein ausgezeichneter Gedanke!« Herr Kuchenbrand zog grimmig die Augenbrauen zusammen. »Glaubst du, deine Mutter und ich wollen zwischen Federvieh und Hühnerkacke zum Fernseher hüpfen? Keine Chance, junger Mann.«

Luis seufzte. Wenn sein Papa so guckte, war mit ihm nicht zu verhandeln.

»Für heute Nacht könnten wir sie in der Mühle unterbringen. Dort, wo der alte Mühlstein steht. Morgen sehen wir dann weiter«, schlug Frau Kuchenbrand vor. Und so wurde es auch gemacht.

Es war ein wirklich langer Marsch. Petronella taten allmählich die Füße weh. Wie schön wäre es, jetzt auf Lucius nach Hause zu fliegen. Doch der Käfer war in ihren Mantelkragen gekrochen und dort erschöpft eingeschlafen. Als sie das Müllerhaus endlich erreichten, war es bereits rabenschwarze Nacht, und die Kuchenbrands lagen in tiefem Schlaf. Nur aus der Mühle kam leises beunruhigtes Gackern.

Petronella legte Lucius behutsam ins Gras.

Sofort öffnete der Käfer seine Augen. »Was hast du vor?«

Petronella winkte ab. »Schlaf ruhig weiter. Ich will den Hühnern nur schnell Gute Nacht sagen und sie ein wenig beruhigen.«

Schnell schlüpfte die Apfelhexe in die Mahlstube. Die fünf Hennen drängten sich ängstlich in eine Ecke und gackerten nervös.

»Pock, pock, pock«, machte Petronella beruhigend. Das hieß so viel wie: Habt keine Angst, ich tue euch nichts. »Pock, pock, pella pock put ...«, gackerte Petronella in der Hühnersprache weiter. »Ich bin Petronella und wohne im Garten nebenan. Ihr werdet es im Müllerhaus sehr gut haben. Die Kinder, die euch gewonnen haben, sind sehr tierlieb, also macht euch keine Sorgen. Pock, pock … Und solltet ihr doch einmal ein Problem haben, dann ruft mich einfach, versprochen?«

Einen Moment war es mucksmäuschenstill, dann hörte man aus der Ecke ein schüchternes »tok, tock, put.« Das hieß wiederum: »Danke für die aufmuntern-

den Worte. Sie haben uns sehr beruhigt. Wir werden jetzt ein bisschen schlafen.«

»Gut«, antwortete Petronella. Sie winkte den Hühnern zum Abschied zu und schlüpfte zur Tür hinaus.

»Nun lass uns aber endlich nach Hause gehen«, sagte sie zu Lucius. »Ich bin hundemüde und spüre meine Füße kaum noch.« Vorsichtig nahm sie den Hirschkäfer auf und setzte ihn zurück auf ihre Schulter.

Lucius gähnte müde. »Gurkenhut und Spargelzahn sind eben vom Dach der Mühle gestiegen. Gurkenhut meint, dass sie jetzt mit den gröbsten Reparaturen am Haus fertig sind. Der Winter kann also kommen.«

»Die Guten«, sagte Petronella. »Ich werde mir für sie eine ganz besonders schaurige Schauergeschichte ausdenken.« Dann erklomm sie ihre magische Strickleiter und fiel in ihrem Apfel todmüde ins Bett.

Am nächsten Morgen wurde Petronella von lautem Klingeln geweckt, dabei war es noch nicht einmal richtig hell. Verschlafen stand sie auf und sah durch ihr Fernrohr in den Garten hinunter. Tatsächlich. Da standen die kleinen Kröten und zogen an dem Klingelzug, dass es nur so schepperte. Schnell ließ Petronella die Strickleiter runter und schlüpfte in ihren Morgenmantel. Sie hatte noch nicht einmal den zweiten Ärmel übergezogen, da klopfte es auch schon an der Tür.

»Ihr seid ja schnell wie ein Kugelblitz«, staunte Petronella, während sie öffnete. »Habt ihr denn keine Schule?«

»Doch, aber erst um neun. Vorher müssen wir dir unbedingt alles erzählen«, keuchte Lea. »Sonst platzt Luis.«

»Das wollen wir nicht riskieren, also kommt rein«, lachte die Apfelhexe.

Lea und Luis traten ein und sahen Petronella strahlend an. »Weißt du es schon?«, fragte Luis.

»Nein«, log Petronella. Sie wollte den Kindern den Spaß nicht verderben. Außerdem war der Auftritt, den Lucius und sie hingelegt hatten, alles andere als ruhmreich und musste nicht unbedingt erzählt werden.

»Du warst also doch nicht heimlich bei der Preisverleihung dabei?«

Petronella schüttelte schnell den Kopf, dabei wurde sie ein bisschen rot.

»Komisch, Lea hat geglaubt, dass sie dich gesehen hat. Aber ist ja auch egal, also … Rate, was passiert ist!«

Die beiden warteten gar nicht auf Petronellas Antwort. »Wir haben gewonnen!!!«, riefen sie im Chor und führten ein kleines Freudentänzchen auf. »Gewonnen, gewonnen, gewonnen! Mit deinem Rezept!«

»Und die Hühner haben wir auch!«, ergänzte Lea.

Petronella strahlte über ihr ganzes rotbäckiges Gesicht. »Das habe ich mir gedacht«, sagte sie zufrieden.

»Die Jury war begeistert. Sie haben beim Probieren ganz glücklich geguckt und gesagt, dass ihnen der Geschmack auf der Zunge hüpft und der Teig luftig ist wie ein Wattewölkchen«, erzählte Luis ganz aufgeregt.

»Ja, da konnte die blaue Marzipantorte vom blöden Kümmerling nicht mithalten«, kicherte Lea fröhlich.

»Der hat sich ganz schön geärgert, dass wir den ersten Platz gemacht haben.« Luis grinste zufrieden.

Plötzlich runzelte Lea die Stirn. »Er ist uns in seinem schwarzen Auto hinterhergefahren und wollte Papa das Rezept abkaufen. Für fünftausend Euro, das musst du dir einmal vorstellen.«

»Sechstausend Euro«, berichtigte Luis. »Er hat noch tausend Piepen draufgelegt, als Papa abgelehnt hat. Unser Papa kann den Kerl nicht leiden.«

»Ich mag ihn auch nicht«, sagte Lea mit leiser Stimme. »Heute Abend kommt er ins Müllerhaus und will wissen, ob Papa ihm das Rezept nicht doch verkauft. Ein Nein kann er nicht akzeptieren, hat er gesagt.«

»So?« Jetzt runzelte Petronella die Stirn.

Doch Luis winkte ab. »Du brauchst dir keine Sorgen zu machen. Natürlich verkauft Papa nicht. Kann er doch gar nicht, denn wir haben ja das Rezept.«

Nachdem die Kinder gegangen waren, kochte sich Petronella eine Tasse Frühstückstee. Für Lucius stellte sie ein Schälchen Honigtau auf den Tisch. Der Hirschkäfer hatte sich nun endgültig von seinem Schrecken erholt und aß mit großem Appetit.

»Erinnerst du dich noch an den miesen Kerl von gestern? Den aufgeblasenen Luftballon mit dem Goldzahn?«

Lucius nickte. »Was ist mit ihm?«

»Ich bin mir nicht ganz sicher, aber wenn mich mein Hexengefühl nicht schrecklich täuscht, wird uns dieser Kerl noch Ärger machen«, erwiderte Petronella.

»Wie kommst du darauf?«, wollte Lucius wissen.

»Während du geschlafen hast, waren die Kinder hier, um mir von dem Wettbewerb zu erzählen.« Petronella lächelte. »Na ja, und sie haben mir auch von diesem … aufgeblasenen Luftballon erzählt.«

»Du meinst diesen Krümeling oder Kümmeling?«

»Kümmerling!«, rief Petronella. »Ja, das ist sein Name! Also, dieser Kümmerling ist scharf auf das Rezept. Sechstausend Euro hat er dafür geboten. Und er hat gesagt, dass er sich mit einem Nein nicht zufriedengeben wird. Heute Abend will er sich die endgültige Antwort abholen.«

»Du meinst, er könnte gefährlich werden?« Lucius bekam runde Augen und putzte sich nervös die Fühler.

»Wir müssen auf jeden Fall aufpassen«, entgegnete Petronella. »Am besten, du befestigst noch einmal das Fledermauslauschohr auf dem Dach. Ich bin gespannt, was wir zu hören bekommen.«

Herr Kümmerling hält Wort

Den ganzen Nachmittag waren Herr Kuchenbrand und die Kinder damit beschäftigt, ein richtig schönes Hühnerhaus zu zimmern. Das Material dafür hatte Herr Kuchenbrand in seinem geliebten Baumarkt besorgt. Nun waren sie fast fertig, und Lea war sehr zufrieden. Das Dach hatte sogar grüne Ziegel aus Dachpappe bekommen.

»Ich finde, es sieht total gemütlich aus«, stellte sie fest.

Luis probierte einen Klimmzug an der Hühnerstange. »Wenn wir den Stall jetzt noch anstreichen, ist er perfekt. So sieht er ein bisschen langweilig aus«, fand er.

Herr Kuchenbrand, der gerade sein Werkzeug verstaute, sah von seiner Arbeit auf. »Danke für die offenen Worte! Aber wie wäre es zur Abwechslung mit einem klitzekleinen Lob? So einem ganz winzigen?«

»Das hast du sehr gut gemacht, Papa! Du bist der beste Hühnerstallbauer der Welt«, beeilte sich Lea zu sagen.

Herr Kuchenbrand lächelte geschmeichelt.

»Ja, mit unserer Hilfe hast du den Stall wirklich gut hingekriegt«, grinste Luis. »Obwohl so ein bisschen Farbe sicher nicht hässlich wäre …«

Herr Kuchenbrand stand auf und trug seinen Werkzeugkasten ins Haus. »Ich hole jetzt Mama, damit sie unser Werk gebührend bewundern kann.«

Frau Kuchenbrand war begeistert, wenigstens so lange, bis sie erfuhr, was der Stall gekostet hatte. »Ach nee, Paul … du weißt doch, wie knapp wir diesen Monat sind …«, seufzte sie.

»Aber du willst doch bestimmt auch Eier von glücklichen Hühnern essen, oder?«, fiel Luis seiner Mutter ins Wort.

»Schon«, antwortete die, »aber ich möchte auch noch etwas anderes essen als Eier.«

Den Hühnern gefiel ihr Stall jedenfalls prächtig. Man sah ihnen an, dass sie sich gleich zu Hause fühlten. Sie flatterten auf die Stangen, scharrten im Heu und zupften im Garten probehalber etwas Gras aus den Beeten. Familie Kuchenbrand stand am Zaun und sah ihnen dabei zu.

»Haben die Hühner eigentlich schon Namen?«, fragte Frau Kuchenbrand plötzlich.

Luis schlug sich an die Stirn. »Dass wir daran nicht gedacht haben!«, rief er. »Los, jeder von uns denkt sich zwei Namen aus, und Mama und Papa teilen sich ein Huhn«, sagte er zu seiner Schwester.

»O.k.« Lea dachte einen kurzen Moment nach. »Also, ich nenne meine beiden Schneeweißchen und Rosenrot, wie in meinem Lieblingsmärchen.«

»Voll langweilig«, stöhnte Luis. »Meine beiden heißen Anakonda und Tarantula!«

»Was für blöde Namen für zwei Hühner«, sagte Lea. »Und wie soll euer Huhn heißen?«, fragte sie ihre Eltern. Die beiden sahen sich kurz an.

»Was hältst du von Nofretete?«, fragte Herr Kuchenbrand.

»Ich bin für Agatha«, antwortete seine Frau.

Herr Kuchenbrand verdrehte die Augen. »Wie langweilig!«

Seine Frau lachte: »O.k., nennen wir es Nofretete!«

Am Abend konnte Lea sich kaum auf das Essen konzentrieren, so sehr fürchtete sie, dass Herr Kümmerling auftauchen würde. Der Rest der Familie schien sich darüber keine Gedanken zu machen. Herr Kuchenbrand zeigte gerade, wie er sich den Daumen bei der Bauaktion zwischen zwei Brettern eingeklemmt hatte, als es an der Haustür klingelte. Lea zuckte zusammen.

Noch bevor Herr Kuchenbrand reagieren konnte, sprang Luis auf und lief zur Tür. »Wenn es Kümmerling ist, schicke ich ihn in die Wüste!«, rief er über die Schulter zurück.

Es war Herr Kümmerling. Und das mit der Wüste wurde nichts. Sowie Luis die Tür einen Spaltbreit geöffnet hatte, stellte Herr Kümmerling – schwupp – seinen Fuß dazwischen.

Luis bekam einen Schreck. Außer Herrn Kümmerling standen noch zwei weitere Männer vor der Haustür. Einer war lang und dünn, der andere dick wie ein Fass. Beide sahen ihn finster an.

»Na, mein Junge, willst du uns nicht reinlassen?«

Luis wollte die Tür zuschlagen. Ohne Erfolg, denn der Fuß von Herrn Kümmerling stand fest dazwischen.

»Www… wir verkaufen nicht«, stammelte Luis und sah sich verzweifelt nach Hilfe um.

»Das will ich von deinem Vater hören. Und jetzt lass uns endlich rein«, zischte Herr Kümmerling. Ohne

große Mühe drückte er die Tür auf und trat ungebeten ins Haus. Die beiden Männer folgten ihm.

Jetzt kam endlich Herr Kuchenbrand. »Was wollen Sie hier?«, fragte er unfreundlich.

»Ihr Sohn war so nett, uns hereinzubitten«, erwiderte Herr Kümmerling ungerührt und stand auch schon im Wohnzimmer. »Gemütlich haben Sie es hier«, stellte er anerkennend fest. »Ein kleines Müllerhaus inmitten von alten Apfelbäumen … Ich habe übrigens zwei Assistenten mitgebracht. Ralle und Scholli, sie sollen unser kleines Geschäft bezeugen. Sechstausend Euro bar auf die Hand. Ich hoffe, Sie haben sich die Sache noch einmal überlegt. Scholli, zeig Herrn Kuchenbrand, dass wir es ernst meinen.«

Der Mann, der Scholli hieß, trat vor und holte aus seiner Jackentasche ein ganzes Bündel Geldscheine. »So ein Geschäft macht man nicht alle Tage. Also, schlagen Sie ein!« Herr Kümmerling hielt Herrn Kuchenbrand seine ausgestreckte Hand hin.

Ungläubig schüttelte der den Kopf. »Sie glauben tatsächlich, mit Geld lässt sich alles regeln, oder? Aber diesmal ziehen Sie den Kürzeren. Selbst wenn ich wollte, könnte ich Ihnen das Rezept nicht verkaufen, denn es gehört mir nicht. Es ist das Rezept meiner Kinder.«

»So, es gehört den lieben Kleinen.« Nachdenklich kratzte Herr Kümmerling sich am Kopf. »Gut, dann verhandle ich eben mit den beiden. Sie scheinen ja recht vernünftig zu sein. Nun, was sagt ihr zu meinem Angebot? Dreitausend Euro für jeden von euch. Davon könnt ihr eine ganze Menge Bonbons kaufen!« Herr Kümmerling grinste.

Alle Augen richteten sich nun auf Lea und Luis. Die Geschwister wechselten einen kurzen Blick. Dann holte Lea tief Luft und sagte: »Wir verkaufen nicht, niemals und zu keinem Preis. Wir haben es nämlich versprochen …«

»Und die Äpfel aus unserem Garten kriegen Sie auch nicht.« Luis verschränkte die Arme und sah grimmig in die Runde.

Das breite Lächeln verschwand aus Herrn Kümmerlings Gesicht. »Was soll das heißen … ihr verkauft nicht? Seid ihr nicht ganz bei Trost …?«

»Es reicht, Kümmerling!«, fiel Herr Kuchenbrand seinem ehemaligen Chef ins Wort. »Sie haben gehört, was meine Kinder gesagt haben. Besser, Sie gehen jetzt, bevor ich Sie eigenhändig an die Luft setze!«

Wütend stapfte Herr Kümmerling aus dem Raum. »Das letzte Wort ist noch nicht gesprochen«, presste er zwischen den Zähnen hervor. Seine Assistenten blickten sich noch einmal finster um, dann folgten sie ihrem Chef.

Herr Kuchenbrand begleitete sie bis zur Tür. »Und noch etwas, Herr Kümmerling«, sagte er zum Abschied. »Sollten sie noch einmal Ihren Fuß auf mein Grundstück setzen, dann hole ich die Polizei. Verstanden?« Anschließend sah er ihnen nach, bis ihr Wagen verschwunden war.

Petronella ließ Herrn Kümmerling ebenfalls nicht aus den Augen. Sie hatte seine Ankunft und Abfahrt durch ihr Piratenfernrohr beobachtet, und dank des Lauschohrs auf dem Dach hatte sie auch die Unterhaltung mit angehört. Jetzt war sie zufrieden. »Du kannst das Lauschohr vom Dach holen, Lucius. Der aufgeblasene Luftballon ist fort«, sagte sie. »Toll, wie die Kuchenbrands ihm die Stirn geboten haben.«

Schreck in der Abendstunde

Am nächsten Tag wartete Petronella bereits auf die Kinder. Sie wollte sich persönlich davon überzeugen, dass sie am Besuch von Herrn Kümmerling keinen Schaden genommen hatten. Und als am Nachmittag die Glocke läutete, stand die Apfelhexe mit einem Satz auf dem Ast vor ihrer Tür.

»Der Hühnerstall ist fertig, und er ist richtig toll geworden!«, rief Lea aus dem Garten herauf. »Willst du ihn dir nicht ansehen?!«

»Natürlich, aber wo ist euer Vater?«, fragte Petronella besorgt.

»Er sitzt in der Badewanne und wäscht sich den Arbeitsstaub von gestern ab«, trompetete Luis hinauf.

»Gut, dann komme ich jetzt runter!« Petronella ergriff ihre Strickleiter und stand Sekunden später im Garten.

Stolz zeigten ihr die Kinder den neuen Hühnerauslauf und den dazugehörigen Stall. »Der sieht aber gut aus«, staunte Petronella. »Hier können sich die Mädels wohlfühlen! Pock, puck, puck!«, rief sie vergnügt.

Erstaunt sahen Lea und Luis sie an.

»Tock, tock, gluck«, machten zwei der Hühner.

»Gack«, antwortete Petronella.

»Hast du mit ihnen gesprochen?«, fragte Lea. Petronella nickte.

»Und was haben sie gesagt?«, wollte Luis wissen.

»Sie danken euch für den schönen Stall und haben sich hier schon gut eingelebt.«

»Es stimmt, der Stall ist schön«, sagte Lea. »Aber noch schöner wäre er, wenn er ein wenig Farbe bekäme.«

»Das lässt sich einrichten. Welche Farbe soll er denn haben?«, fragte Petronella. Die Kinder sahen sich an.

»Pink!« – »Schwarz!«, riefen sie gleichzeitig.

»O.k.!« Petronella ließ ihren Zauberstab aus dem Ärmel gleiten und dachte einen Moment angestrengt nach. Dann lächelte sie.

»Und wie wird er jetzt?«, wollte Luis wissen. »Pink oder schwarz?«

»Warte ab«, erwiderte die kleine Hexe geheimnisvoll. Sie ließ ihren Zauberstab ein paar Mal kreisen. Sofort quoll aus seiner Spitze blauer Rauch und hüllte den Hühnerstall vollkommen ein.

»Ene, mene, blauer Rabe, Häuschen, ändre deine Farbe. Braun, verschwinde, Pink, erscheine, darauf Hexen, viele kleine!«

Lea und Luis staunten nicht schlecht, als der Rauch sich verzog. Der Hühnerstall, der nun vor ihnen stand, war pink, mit kleinen schwarzen Hexen darauf, die auf ihren Besen ritten. »Na, gefällt er euch?«

»Abgefahren.« – »Cool«, staunten beide.

»Darin werden sich die Hühner noch dreimal so wohl fühlen«, sagte Lea und setzte sich zu den Hühnern in den Auslauf. »Die Hennen werden immer zutraulicher«, lächelte sie. »Manchmal lassen sie sich von mir sogar schon streicheln!«

»Ist gestern Abend mit Herrn Kümmerling alles gut gegangen?«, erkundigte sich Petronella ganz nebenbei, während sie den Hühnern einen Löwenzahn hinhielt.

»Kein Problem. Wir haben ihm gesagt, dass wir nicht verkaufen. Erst war er sauer, aber dann ist er abgezogen. Ich glaube, er hat es begriffen«, antwortete Luis.

»Ja, den sind wir los«, stimmte Lea ihm zu.

»Dann ist es gut, ich habe nämlich vor, für ein paar Tage zu verreisen«, sagte Petronella.

»Wohin verreist du denn?«, fragte Lea neugierig.

Petronella stupste sie auf die Nase. »Ich fliege auf den Mondberg. Da findet jedes Jahr ein großes Hexenfest statt.«

»Auf den Mondberg?«, staunten die Kinder.

»Vielleicht kannst du uns ja mal zu so einem Hexenfest mitnehmen«, schlug Lea vor.

Aber Petronella schüttelte energisch den Kopf. »Ausgeschlossen. Es würde dir ganz bestimmt nicht gefallen. Im letzten Jahr hat so ein Unglücksrabe versucht, sich einzuschleichen. Er hatte sich mit Röcken und einem Kopftuch verkleidet. Aber es hat ihm nichts genützt. Die Hexen waren ungeheuer wütend. Zur Strafe wurden ihm die Nase umgedreht und die Ohren lang gezogen. Könnt ihr euch vorstellen, wie das aussah? Dann wurde er mitten im Wald ausgesetzt. Ich glaube nicht, dass dir das gefallen würde.«

Lea und Luis hörten mit großen Augen zu. Das waren ja tolle Geschichten, die Petronella da erzählte. Gerade wollte Luis noch mehr aus Petronella herausbekommen, als eine vertraute Stimme ertönte. »Kinder, wo steckt ihr denn …?«

»So ein Mist, Papa kommt. Er kommt immer dann, wenn man ihn nicht brauchen kann«, schimpfte Luis.

Petronella wirbelte herum und war mit einem Satz hinter den Rosenbüschen verschwunden. Da kam Herr Kuchenbrand auch schon um die Ecke. Wie angewurzelt blieb er stehen, dann rieb er sich erstaunt die Augen.

»Was ist denn das?«, fragte er verdutzt, als er den Hühnerstall entdeckte.

Erschrocken sahen sich die Kinder an. »Ähm, ja … wir haben in der Mühle zufällig noch Farbe gefunden«, stammelte Luis.

»Und Schab… Schablonen …«, stotterte Lea.

»So, Farbe und Schablonen! Ihr verlangt jetzt nicht, dass ich das glaube, oder?«

»Äääh …« Luis zuckte hilflos mit den Schultern.

»O. k., ihr wollt nicht darüber reden. Verstehe! Aber vielleicht lerne ich unseren Wohltäter irgendwann einmal kennen. Der Stall sieht jedenfalls … äh … bemerkenswert aus!« Mit diesen Worten verschwand Herr Kuchenbrand wieder im Haus.

Sofort kam Petronella hinter den Sträuchern hervor. »Seht ihr, der Stall in Pink und Schwarz hat eurem Vater gefallen!«

»Na ja.« Die Kinder sahen sich zweifelnd an.

»Auf jeden Fall hat er nicht geglaubt, dass wir das alleine hingekriegt haben«, meinte Lea. »Irgendwann müssen dich unsere Eltern kennenlernen.«

Hastig winkte die Apfelhexe ab. »Das hat Zeit«, sagte sie. »Und jetzt muss ich packen, denn ich will doch zum großen Eröffnungsreigen nicht zu spät kommen!«

Lässig winkte sie den Kindern zu und stieg hinauf in ihren Baum.

Petronella verlor keine Zeit. In ihrem Apfel angekommen, spuckte sie dreimal in die Hände und griff nach ihrem Zauberstab. Sie hielt sich nicht mit dem Packen von Zahnbürste und warmen Socken auf. Nein, wenn Petronella verreiste, dann richtig. Mit allem Drum und Dran. Denn sie hatte keine Lust, in irgendwelchen ranzigen Hexennestern ein fünfstöckiges Etagenbett zu beziehen. Wenn man Pech hatte, klemmte man dort zwischen einer schnarchenden Wetterhexe und einem stinkenden Sumpfling. Deshalb ließ sie nicht nur Schrank und Bett, sondern gleich ihren gesamten Haushalt in der geräumigen, braunen Reisetasche verschwinden. Zu guter Letzt packte sie auch noch ihren Apfel ein.

Gut gelaunt stand sie auf dem Ast, über dem bis eben noch ihr Haus gehangen hatte, und pfiff nach ihrem Besen. Weite Wege konnte sie unmöglich auf Lucius zurücklegen. Der Gute wurde schließlich nicht jünger.

Der Besen ließ nicht lange auf sich warten. Im Zickzack sauste er durch die Apfelbäume und freute sich genauso auf die Reise wie seine Besitzerin. Petronella hängte ihre Tasche über seinen Stiel und wartete, bis Lucius zwischen das Reisigbüschel am Ende ihres Besens gekrochen war. »Sitzt du bequem und kannst auch nicht herausfallen?«, erkundigte sie sich.

»Alles in Ordnung, wir können starten!«, antwortete der Käfer und kroch noch etwas tiefer in das Reisig hinein.

»Dann halte dich fest!«, rief Petronella munter und voller Vorfreude auf die Reise.

»Steig hoch hinaus, stoß nirgends an. Sodass ich heut noch tanzen kann! Schnipp, schnapp, zick, zack, Galopp, nicht Trab!«

Das ließ sich der Besen nicht zweimal sagen. Als hätte er nur darauf gewartet, schoss er senkrecht in die Luft, drehte sich einmal im Kreis und zischte lautlos davon.

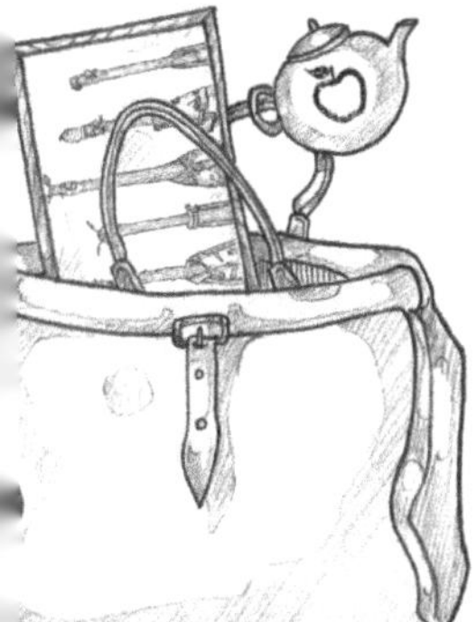

Als Lea kurz vor dem Schlafengehen noch einmal durch das Fernglas zu Petronellas Baum hinaufsah, bekam sie einen Schreck. »Sie ist weg!«, rief sie und schaute noch einmal ganz genau hin.

»Logisch ist sie weg, sie wollte ja auch verreisen«, sagte Luis und blätterte weiter in seinem Comic.

»Nein, sie ist richtig weg. Sie hat ihr Haus mitgenommen.«

»Was?!« Luis riss ihr das Fernglas aus der Hand. »Tatsächlich ...«, stammelte er. »Der Baum ist leer!«

»Aber sie kommt doch wieder, oder?«, fragte Lea ängstlich.

»Na klar«, sagte Luis, aber es klang nicht sehr überzeugt. Die beiden ahnten nicht, dass das nicht der letzte Schrecken war, der ihnen in dieser Nacht bevorstand.

Unheimliche Besucher

Es hatte angefangen zu regnen. Ein grauer kalter Regen war es, der da vom Himmel fiel, und er passte genau zu der Stimmung der Zwillinge.

Beide konnten an diesem Abend nicht einschlafen. Immer wieder standen sie auf, um mit dem Fernglas nach Petronellas Häuschen zu suchen. Normalerweise schimmerte es nachts immer ein wenig. Aber diesmal blieb alles dunkel.

Enttäuscht warf Lea das Fernglas auf ihr Bett. »Wir dürfen uns nicht verrückt machen, bloß weil sie ihr Haus mitgenommen hat«, erklärte sie. »Wir wissen ja, dass sie verreisen wollte. Wenn sie in zwei Wochen nicht wieder aufgetaucht ist, können wir immer noch damit anfangen.«

»Aber ich merke, wie ich schon heute Abend verrückt werde«, sagte Luis. »Es kribbelt so komisch in meinem Gehirn.«

Dann knipsten sie das Licht aus und starrten weiter besorgt in die Dunkelheit. Es war schon weit nach Mitternacht, als die beiden endlich einschliefen.

Wären sie noch ein bisschen länger wach geblieben und hätten weiter ab und zu aus dem Fenster geschaut, hätten sie sicher den schwarzen Wagen bemerkt, der den Hügel zum Müllerhaus herauffuhr. Sie hätten gesehen, wie er die Scheinwerfer ausschaltete, um nicht entdeckt zu werden, und wie er schließlich hinter der großen Schlehenhecke an der Straße parkte.

Eine Weile blieb alles still, dann stiegen drei schwarz gekleidete Gestalten aus. Ihre Gesichter hatten sie unter Pudelmützen und Halstüchern versteckt. Leise betraten sie den Garten. Sie vergewisserten sich, dass alle im Müllerhaus schliefen. Dann brachen sie das Wohnzimmerfenster auf und stiegen ins Haus.

Luis wurde von einem Geräusch geweckt. Verschlafen setzte er sich auf und lauschte. Jetzt hörte er leises Flüstern. Vielleicht hatte sich sein Vater auf dem Weg zum

Klo verlaufen. Das passierte ihm dauernd seit dem Umzug ins Müllerhaus.

Luis stand auf, um seinen Vater in Richtung Toilette zu schicken, und öffnete die Tür. Wie angewurzelt blieb er stehen. Der Schein einer Taschenlampe huschte über die Wände und Türen des Flurs. »Es muss im Kinderzimmer sein«, flüsterte eine raue Stimme.

Augenblicklich war Luis hellwach. Das war nicht sein Vater! Das mussten Einbrecher sein! In seinem Kopf rasten die Gedanken. Langsam und ganz leise schloss er die Tür. Dann wirbelte er herum. »Lea … Lea«, flüsterte er. »Da sind Einbrecher im Haus … Lea!«

»Was soll das …?«, fragte seine Schwester und schlug nach der Hand, die sie schüttelte.

»Das wirst du gleich sehen, wenn du nicht sofort aufwachst. Auf dem Flur sind Einbrecher, und sie wollen zu uns«, flüsterte Luis verzweifelt.

»Was?!!« Augenblicklich war Lea hellwach.

»Hörst du?«

Tatsächlich. Jetzt hörte Lea leise Schritte vor der Tür, ein Dielenbrett knarrte.

»Hier muss es sein«, wisperte die raue Stimme.

»Versteck dich!«, rief Luis seiner Schwester zu. Blitzschnell krochen sie unter ihre Betten und versuchten, hinter ihren Plüschtieren und Lego-Kisten zu verschwinden.

Keine Sekunde zu früh. Denn schon wurde die Tür geöffnet, und der Lichtkegel einer Taschenlampe huschte durch das Zimmer. Er glitt über die Wände und leuchtete in die Betten.

»Na so was, sie sind weg«, brummte die raue Stimme.

»Was soll das heißen, sie sind weg?«, zischte eine andere Stimme, die den Kindern seltsam bekannt vorkam.

»Das heißt, was es heißt. Die Betten sind leer!«

»Vielleicht übernachten sie bei Freunden«, meinte nun eine dritte Stimme. »Das tun meine eigenen Bälger auch manchmal.«

»Umso besser, dann brauchen wir sie nicht in den Schrank zu sperren. Schalte das Licht an«, verlangte die bekannte Stimme.

Gleich darauf wurde es hell.

»Durchsucht das Zimmer und seht auch unter den Betten nach«, verlangte die Stimme erneut.

Lea und Luis hielten die Luft an. Zentimeter für Zentimeter schoben sie sich weiter unter die Betten. Schon huschte der Strahl der Taschenlampe über den Boden. Gleich würde man sie entdecken.

Da klopfte es plötzlich am Fenster. Laut und energisch.

Erschrocken wirbelten die Einbrecher herum. »Was war das?«

»Woher soll ich das wissen? Schau nach, und wenn es sein muss, schnapp dir den Kerl!« Das Fenster wurde geöffnet.

»Da ist niemand«, sagte der mit der rauen Stimme. »Muss der Wind gewesen sein.«

»O. k., dann suchen wir jetzt das verdammte Rezept und verschwinden wieder. Ich hab so ein komisches Gefühl.«

Man hörte, wie Schubladen geöffnet und Schranktüren geschlossen wurden. Vorsichtig lugte Luis aus seinem Versteck heraus. Drei schwarz gekleidete Gestalten standen im Zimmer. Der eine Mann war lang und dünn, der andere dick wie ein Fass, und der dritte, der, der das Sagen hatte, war hoch wie breit. Kümmerling und seine Männer, schoss es Luis durch den Kopf. Dann warf er einen kurzen Blick zum Fenster und erkannte Gurkenhut und Spargelzahn, die ihre Nasen an der Scheibe platt drückten und ihm zuwinkten. Als einer der Männer sich umdrehte, waren sie verschwunden.

»Hier ist es, es hing an der Pinnwand. Hauen wir ab! Nicht über den Flur. Wir verschwinden durchs Fenster!« Das Fenster wurde erneut geöffnet. Dann waren sie fort und mit ihnen Petronellas Rezept.

Ängstlich blieben die Kinder in ihrem Versteck. Kühle, feuchte Luft drang in das Zimmer. Sie lauschten auf verdächtige Geräusche, doch außer dem Wispern des Regens war nichts mehr zu hören.

»Alles in Ordnung, Lea?«, rief Luis leise.

»Ja, und bei dir?«

»Geht schon, aber langsam wachsen mir Eiszapfen an der Nase.«

»Ich glaube, sie sind weg«, flüsterte Lea.

Vorsichtig streckten die Kinder ihre Köpfe unter den Betten hervor: Der Raum war leer, nur das Fenster stand sperrangelweit offen.

»Das war knapp. Fast hätten sie uns entdeckt. Hätten Gurkenhut und Spargelzahn sie nicht abgelenkt ...«

Die beiden ließen sich auf ihre Betten sinken. »Waren das wirklich echte Einbrecher in unserem Zimmer?«, fragte Lea entsetzt.

»So echt wie du und ich«, antwortete Luis. »Und ich weiß sogar, was sie gesucht haben.«

»Petronellas Rezept, was sonst«, sagte Lea.

Ein Blick auf die Pinnwand genügte, um festzustellen, dass das Rezept tatsächlich fehlte. Ein trauriger kleiner Papierfetzen, der von einer Heftzwecke gehalten wurde, war alles, was davon noch übrig war.

»Man müsste Kümmerling den Nebelgeistern zum Spielen geben«, sagte Lea böse und wollte das Fenster schließen.

Doch Luis hielt sie zurück. »Nichts anfassen, wegen der Fingerabdrücke! Ich habe Kalle Blomquist gelesen. Das ist ein Fall für die Kriminalpolizei. Komm, wir wecken Mama und Papa.«

Die Kuchenbrands fielen aus allen Wolken. Sie hatten selig geschlafen, während eine Bande von Einbrechern sich ungestört in ihrem Haus tummelte. Das war wirklich ein starkes Stück! Herr Kuchenbrand stand kurz vor einem Herzinfarkt, und nachdem er sich das Kinderzimmer angesehen hatte, rief er die Polizei. Die brachten gleich zwei Kriminalpolizisten der Spurensicherung mit und entdeckten dann auch das aufgebrochene Fenster im Wohnzimmer.

An Nachtruhe war nicht mehr zu denken. Alle Familienmitglieder wurden der Reihe nach befragt. Natürlich glaubte jeder, dass der Einbruch auf Kümmerlings Konto ging. Die Polizisten machten sich Notizen und versprachen, der Sache nachzugehen. Als die Spurensicherung endlich fertig war, wurde es draußen bereits hell. Also setzte sich die ganze Familie in die Küche. Frau Kuchenbrand machte Rührei mit Schinken, und jeder bekam eine Tasse heißen Kaffee. Auch Lea und Luis.

»Ich bin gespannt, ob sie das Rezept bei Kümmerling finden«, murmelte Herr Kuchenbrand über den Rand seines Kaffeebechers.

Am Vormittag rief er bei der Polizei an, um sich nach dem Stand der Ermittlungen zu erkundigen. Man erklärte ihm freundlich, dass man Herrn Kümmerling überprüft hätte. Für den Einbruch käme er jedoch nicht infrage. Herr Kümmerling hätte die ganze Nacht mit zwei Bekannten Karten gespielt. Das wäre ein hieb- und stichfestes Alibi.

»Na toll, wenn die zwei Bekannten Ralle und Scholli waren, dann danke schön«, sagte Luis.

»Und ausgerechnet jetzt ist Petronella nicht da«, seufzte Lea und sah sehnsüchtig zu dem leeren Apfelbaum.

»Ich wette, sie tanzt sich gerade die Hacken ab«, meinte Luis finster.

Zauberhut und Hexenmeister

Da hatte er recht. Petronella war pünktlich zum Eröffnungsreigen angekommen. Und wie in jedem Jahr war es ein rauschendes, wildes Hexenfest. Doch diesmal konnte sie den Trubel nicht richtig genießen. Immer wieder wanderten ihre Gedanken zu den Kindern und zu dem windigen, skrupellosen Kümmerling, dem Petronella alle Schlechtigkeiten zutraute. Schließlich wurde sie so unruhig, dass sie bereits am nächsten Tag ihre Siebensachen packte und sich auf den Heimweg machte.

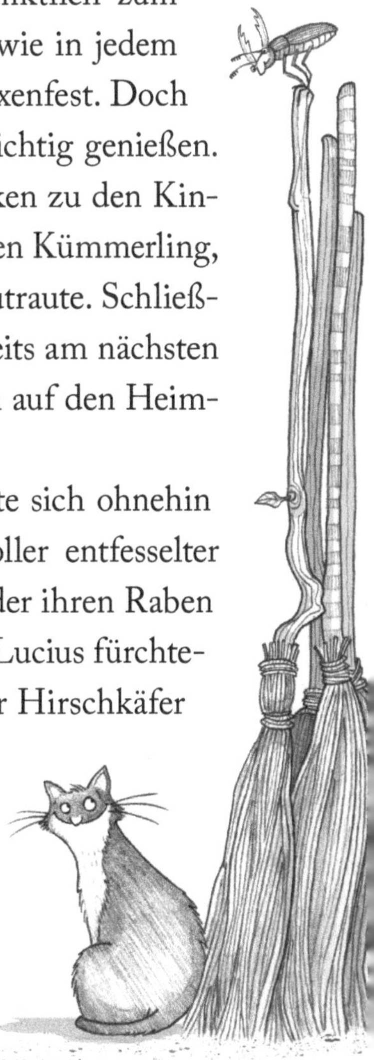

Lucius war das nur recht. Er machte sich ohnehin nichts aus diesem lärmenden Fest voller entfesselter Hexen. Jede zweite hatte ihre Katze oder ihren Raben mitgebracht. Es waren die Raben, die Lucius fürchtete, denn bei denen stand ein knackiger Hirschkäfer ganz oben auf der Speisekarte.

Obwohl sie auf dem Besen unterwegs waren, war es bereits dunkel und still rund ums Müllerhaus, als Petronella in ihrem Apfelbaum landete. Schnell hängte sie ihr Häuschen in die Zweige, wischte sacht mit dem Zauberstab über die große Reisetasche und alles flog an seinen gewohnten Platz.

Dann schaute sie angestrengt in den Garten und suchte nach etwas Ungewöhnlichem, das ihre Unruhe erklären konnte. Nichts – alles war so, wie sie es verlassen hatte.

»Ich will bloß noch einmal nach den Hühnern sehen«, erklärte sie Lucius, während sie die magische Strickleiter hinab in den dunklen Garten stieg.

Doch auch im Hühnerstall war alles still. Ein leises Gack hier und ein kleines Pock dort zeigten, dass die Hühner tief und fest schliefen und etwas Angenehmes träumten.

Ein letzter Blick in das Zimmer der Kinder beruhigte Petronella dann endgültig. Dort brannte ein kleines Nachtlicht, und die beiden Kröten schliefen friedlich und ruhig in ihren Betten.

Gerade wollte sie zurück auf ihren Baum steigen, als sie ein leises »Pst … Pst … Petronella!« vernahm. Es war Gurkenhut, der zwischen den Baumwurzeln vor seinem Haus stand und sie aufgeregt heranwinkte. Petronella schüttelte die Dose mit den Apfelkernen und schrumpfte augenblicklich auf Apfelhexengröße.

»Gurkenhut, hast du mich aber erschreckt«, flüsterte sie. »Was tust du so spät noch hier draußen?«

»Ich habe dich durch den Garten stampfen hören und dachte mir, dass du sicher erfahren möchtest, was passiert ist, während du fort warst.«

Also doch. Petronella war alarmiert. Ihr Gefühl hatte sie nicht getäuscht. »Was ist passiert?«, fragte sie besorgt.

»Nicht hier …« Verschwörerisch sah sich Gurkenhut um. »Komm ins Haus, dort können wir ungestört reden.« Petronella folgte dem Apfelmann in seine Wohnung unter dem Baum.

»Nun mach's nicht so spannend und erzähl, was passiert ist!«, verlangte die Hexe.

»Im Müllerhaus wurde eingebrochen …« Gurkenhut machte eine wichtige Pause.

»Eingebrochen?«, rief Petronella lauter als beabsichtigt. Deshalb war sie also so nervös gewesen. »Ist den Kindern etwas passiert?«

Gurkenhut schüttelte den Kopf. »Verletzt wurde niemand, aber dein Rezept ist weg.«

»Mein Rezept?«

»Ja, es wurde gestohlen«, bestätigte der Apfelmann.

Petronella rieb sich die Nase. »Das war bestimmt der aufgeblasene Luftballon«, schimpfte sie.

»Natürlich war er es. Das ist hier allen klar«, erwiderte Gurkenhut. »Aber es nützt nichts. Die Polizei hat den Luftballon verhört, und er hat ein Alibi für die Nacht, in der es passiert ist.«

»Was können wir tun ...?« Petronella ging unruhig im Zimmer auf und ab und knetete ihre Nasenspitze. Schließlich seufzte sie. »Heute Abend fällt mir nichts mehr ein. Ich bin müde von der Reise und werde jetzt ins Bett gehen. Morgen sehen wir weiter.« Mit diesen Worten verließ sie Gurkenhuts Haus. Vor der Tür drehte sie sich noch einmal um. »Vielen Dank, dass du mir Bescheid gesagt hast. Schlaf gut, Gurkenhütchen.«

Beim Zähneputzen erzählte sie Lucius, was Gurkenhut ihr berichtet hatte. Der Hirschkäfer war außer sich. Wütend wetzte er seine Zangen. »Dem Kümmerling würde ich am liebsten seine großen Ohren lochen«, schimpfte er. »Was hast du vor?«

»Jetzt habe ich erst mal vor, schlafen zu gehen«, gähnte Petronella, während sie sich in ihr Bett kuschelte und die weiche Decke fest um sich herumstopfte. »Morgen fällt mir sicher etwas Passendes ein.« Doch dazu sollte es nicht mehr kommen.

Petronella war gerade so richtig fest eingeschlafen,

als sich ein seltsames Geräusch in ihre Träume drängte. Im ersten Augenblick dachte sie, dass der graue Steindrache, mit dem sie eben noch getanzt hatte, versehentlich einen Felsbrocken ins Tal gestoßen hätte. Als das Rumpeln jedoch nicht mehr aufhören wollte, wurde Petronella wach.

Das klang doch wie Motorengeräusche. Verärgert über die Störung stand die Hexe auf und sah durch ihr Piratenfernrohr. Wahrhaftig, da rollte ein LKW ohne Beleuchtung heran und blieb dicht neben der Schlehenhecke stehen. Drei Männer stiegen aus. Jeder von ihnen trug eine leere Obstkiste und eine Leiter über der Schulter. Dann blitzten Taschenlampen auf, und ihr Lichtschein glitt suchend über die Stämme der Apfelbäume.

Petronella presste grimmig die Lippen aufeinander. Sie wusste genau, wonach die Männer suchten und weshalb sie hergekommen waren.

»Lucius«, rief sie leise. »Sieh dir das an. Ich glaube, wir haben Besuch bekommen.«

Verschlafen krabbelte der Käfer auf die Fensterbank und sah durch das Fernrohr, das Petronella ihm reichte. Mit einem Schlag war er hellwach. »Da… da… das sind …«, stammelte er.

»Kümmerling und seine Männer«, bestätigte Petronella. »Dreimal darfst du raten, wonach sie suchen.«

Lucius beobachtete, wie die Männer von einem Apfelbaum zum nächsten huschten und den Stamm nach etwas Bestimmtem absuchten. Dann war ihm alles klar. Natürlich, die drei Männer suchten nach den goldenen Messingschildern, die Spargelzahn für jeden Apfelbaum angefertigt hatte. Fein säuberlich war darauf die jeweilige Apfelsorte eingraviert.

Jetzt ertönte im Garten ein leiser Pfiff. »Ich glaube, ich habe ihn gefunden, Chef! Gestreiftes Winterbäckchen. Das ist doch die Sorte, nach der wir suchen.«

Sofort war der kleinste der drei Männer bei ihm. Im Schein der Taschenlampe blitzte sein Goldzahn auf. »Gut gemacht, Scholli«, lobte er. »Jetzt nichts wie rauf auf den Baum. In einer Stunde muss er leer sein.«

»So, muss er das?«, fragte Petronella grimmig. Nachdem sie sich von ihrem ersten Schreck erholt hatte, reifte in ihrem Kopf ein großartiger Plan. »Ich bin sicher, du wirst dich in einer Stunde noch ganz gehörig umgucken«, murmelte sie.

Petronella hatte keine Eile. Sie wartete geduldig, bis die drei sicher auf ihren Leitern standen und anfingen, die Äpfel von ihrem Baum zu pflücken.

Dann nahm sie ihren Zauberstab, trat im Nachthemd vor die Haustür und sagte: »Zauberhut und Hexenmeister, angerührt ist schon der Kleister. Apfelbäumchen, sollst erbeben, was an dir ist, soll an dir kleben. Zirrbli, zurrbli, Schnirkelschneck – nichts rührt sich mehr von seinem Fleck!«

Ein Zittern lief durch den Baum. Dann gab es einen hellen Blitz, und auf der Stelle klebten Kümmerling und seine Gehilfen an genau der Stelle fest, an der sie sich gerade befanden. So fest wie die Fliegen an einem Fliegenfänger. Die Männer guckten und ruckten, dann fluchten sie.

»Was zum Teufel ist das? Das klebt ja schlimmer als die Kartoffelklöße meiner Schwiegermutter.«

»Ich krieg meine Finger nicht mehr los, Chef«, sagte der, der Scholli hieß.

»Finger … lächerlich!«, knurrte der große Dicke. »Ich klebe mit dem Hintern fest.«

»Verdammter Mist! Ich hatte ja keine Ahnung, dass Baumharz so teuflisch klebt«, fluchte Herr Kümmerling. Immer wieder versuchten die Männer, sich zu befreien. Es nützte nichts. Sie klebten genau dort fest, wo sie den Baum berührt hatten.

»Ich weiß nicht, was der Kuchenbrand an seine Bäume

geschmiert hat, aber von allein kommen wir hier nicht weg!« Verdrießlich sah sich Herr Kümmerling um.

»Und nun, Chef? Hast du eine Idee?«

»Natürlich, wer sollte sonst eine Idee haben?«, schimpfte Herr Kümmerling. »Wir brauchen eine Säge! Dann können wir die Äste absägen, an denen wir kleben, damit wir hier wegkommen. Also, hat vielleicht irgendjemand eine Säge dabei?«

Scholli und Ralle schüttelten den Kopf. »Wozu braucht man zum Apfelpflücken …?«

»Typisch! An alles muss man selber denken«, fiel Herr Kümmerling Ralle ins Wort. »Zum Glück hat

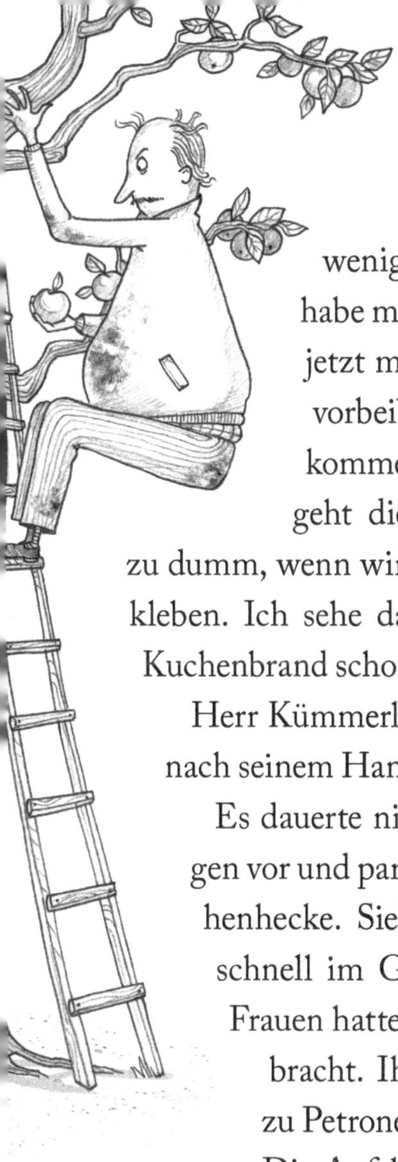

wenigstens einer von uns Grips. Ich habe mein Handy dabei, damit rufe ich jetzt meine Frau an, sie soll eine Säge vorbeibringen. Ach was, am besten kommen eure Frauen gleich mit, dann geht die Sache schneller. Wäre doch zu dumm, wenn wir morgen früh noch immer hier kleben. Ich sehe das grinsende Gesicht von dem Kuchenbrand schon vor mir.«

Herr Kümmerling tastete mit der freien Hand nach seinem Handy und telefonierte.

Es dauerte nicht lange, da fuhren zwei Wagen vor und parkten ebenfalls hinter der Schlehenhecke. Sieben Gestalten stiegen aus, die schnell im Garten verschwanden. Die drei Frauen hatten Sägen und vier Söhne mitgebracht. Ihr aufgeregtes Flüstern war bis zu Petronella hinauf zu hören.

Die Apfelhexe, die die ganze Zeit geduldig oben in ihrem Haus gewartet hatte, grinste. Das wurde ja immer besser.

»Hierher, Rosi«, zischte Herr Kümmerling. »Wir sind hier in diesem verdammten Baum.«

Jetzt hatten die Retter die Pechvögel entdeckt und eilten zu Hilfe. Frau Kümmerling stieg auf die Leiter.

»Hier, die Säge, Kurt. Schaffst du es allein?«

»Na klar, gib schon her!«

Ungeduldig griff Herr Kümmerling danach. Und da passierte es!

Weder er noch seine Frau konnten die Säge wieder loslassen. Genau wie Frau Kümmerling ging es auch den anderen Helfern. Sie klebten da fest, wo sie die Klebenden berührten. Da half kein Rütteln und kein Schütteln. Ratlos sahen sie sich an.

Eine klitzekleine Erpressung

Am nächsten Morgen zog Luis mit Schwung die Vorhänge auf und wollte gerade wieder zurück in sein Bett schlurfen, als er eine Bewegung in Petronellas Apfelbaum bemerkte.

»Echt krass!«, entfuhr es ihm. Sofort war seine Schwester neben ihm. Sie sah hinaus und schnappte nach Luft.

»Boah!« Mehr sagte sie nicht. Eine Weile standen beide stumm da und sahen in den Garten.

»Von den Leuten in Petronellas Baum sieht der eine aus wie Herr Kümmerling«, stellte Lea fest. »Aber was macht er da, und weshalb bewegt er sich nicht?«

Luis holte sein Fernglas. »Petronella ist wieder da!«, rief er dann. »Puuh, bin ich froh! Siehst du, da oben hängt ihr Apfel.« Luis gab das Fernglas seiner Schwester.

Lea machte vor Freude einen kleinen Hüpfer. »Dann brauchen wir uns keine Sorgen mehr zu machen. Egal, weshalb der Kümmerling da auf der Leiter steht und nicht herunterkommt.«

»Stimmt, lass uns trotzdem mal nachsehen.« Luis zog sich in Windeseile an.

»Wollen wir vorher nicht Mama und Papa Bescheid sagen?«, fragte Lea, während sie in ihre Jeans stieg.

»Später, lass uns erst mal nachschauen, was da los ist.«

Keine Minute später standen die Kinder unter Petronellas Baum und starrten wortlos auf das Schauspiel, das sich ihnen da bot. Ganz oben auf der Leiter balancierte Herr Kümmerling. Mit einer Hand hielt er sich an einem Ast des Baumes fest, während die andere nach einer Säge griff, die eine Frau ihm von unten entgegenstreckte. Die Frau stand wie festgewachsen in der Mitte der Leiter und sah sehr unglücklich aus. Kein Wunder, denn an ihrem Bein hing ein junger Mann, der verzweifelt mit den Beinen strampelte.

Mit offenen Mündern umrundeten die Kinder den Baum. Da waren noch mehr Leitern an den Baum gelehnt, und auf jeder Leiter standen Menschen, die aneinander kleben geblieben waren.

»Was steht ihr da unten herum und glotzt!«, fuhr Herr Kümmerling die Kinder an. »Helft uns gefälligst! Packt mit an und zieht den untersten Mann von der Leiter. Oder glaubt ihr, es ist besonders gemütlich hier oben?«

Unschlüssig sahen sich die Kinder an. Lea wollte schon ihre Hand nach dem Mann ausstrecken, der Frau Kümmerlings Wade gepackt hatte, als sie ein leises Flüstern hörte.

»Pssst, hier … Nein, hier unten!« Erstaunt sah sie sich um und entdeckte Lucius und Petronella, die sich zwischen hohen Grasbüscheln versteckten.

»Wir treffen uns am Wohnwagen«, wisperte Petronella und düste schon auf Lucius davon. Lea und Luis beeilten sich, ihr zu folgen. Als sie den Wohnwagen erreichten, wartete Petronella bereits in normaler Größe hinter der Rosenhecke.

»Da bin ich wohl genau zum richtigen Zeitpunkt zurückgekommen«, schmunzelte sie.

»Ich bin so froh, dass du wieder da bist!«, jubelte Lea. »Aber was machen die vielen Leute in deinem Baum?«

Petronella winkte ab. »Das erzähle ich euch später. Zuerst will ich wissen, was hier passiert ist, während ich weg war.«

»Bei uns wurde eingebrochen«, erklärte Luis, und abwechselnd erzählten die Zwillinge Petronella die ganze Geschichte.

»Hm«, machte Petronella zwischendurch. Und dann wieder: »Hm!«

»Natürlich wissen wir, dass es Kümmerling war, der dein Rezept gestohlen hat. Aber wir können es nicht beweisen«, sagte Luis.

»Und genau deshalb klebt er mit seinen Komplizen in meinem Baum«, erklärte Petronella. »Kümmerling hat nämlich gemerkt, dass das Rezept ohne die richtigen Äpfel nicht funktioniert. Darum ist er heute Nacht mit seinem Lieferwagen vorgefahren, um genau diese Äpfel zu stehlen. Leider hat er sich dabei so dämlich angestellt, dass ich ihn bemerkt habe. Und das hat er nun davon.«

»Heißt das, Herr Kümmerling und die anderen kleben jetzt für immer an deinem Baum fest?«, fragte Lea mit großen Augen.

»Genau das heißt es!«, bestätigte Petronella gut gelaunt. »Jedenfalls so lange, wie ich es will.« Sie kicherte. »Und jeder, der einen von ihnen berührt, klebt ebenfalls fest. Wenn wir Glück haben, werden es noch mehr.« Petronella war außerordentlich zufrieden.

»Aber du kannst doch nicht einfach Menschen an deinem Baum festhexen.« Lea war ernsthaft besorgt.

»Menschen wie diesen Kümmerling schon«, antwortete die Apfelhexe trotzig.

»He, was tun Sie da in meinem Baum!? Kommen Sie sofort runter, oder soll ich Ihnen Beine machen?!«

Den Klang dieser Stimme erkannten alle drei sofort.

»Papa!«, stöhnten die Kinder. »Schnell, Petronella, du weißt wie er ist! Sicher klebt er gleich …!«

»Verflixt! Was ist denn das? Lassen Sie mich gefälligst los!«

»Es hält Sie ja niemand fest!« Das war Kümmerlings Stimme.

Man brauchte nicht viel Fantasie, um sich vorzustellen, was passiert war.

»Jetzt klebt Papa auch fest!«, rief Lea entsetzt.

»Hört sich jedenfalls so an«, meinte Petronella trocken.

»Du musst ihn sofort loshexen«, verlangte Luis.

»Natürlich«, erwiderte Petronella. »Aber wir müssen schlau sein. Jetzt ist die Gelegenheit, mit Kümmerling zu verhandeln.«

»Du meinst, jetzt ist die Gelegenheit, ihn zu erpressen«, sagte Luis.

Petronella seufzte. »Warum musst du immer so kleinlich sein?«

»Weil es Erpressung ist!«, mischte sich nun auch Lea ein.

»O. k., o. k! Ich hexe sie wieder los. Aber vorher geht ihr hin und verlangt von dem feinen Herrn Kümmer-

ling, dass er das Rezept herausgibt, das er euch gestohlen hat, und dass er euren Vater wieder in seiner Bäckerei einstellt. Wenn er eure Forderungen erfüllt, wird ihn der Baum nicht länger festhalten. Verstanden?«

Die Kinder sahen sich verblüfft an. »Es ist immer noch Erpressung, aber es könnte klappen. Du bist unglaublich, Petronella.«

»Ich weiß. Und nun geht, aber fasst nichts an.«

Die Zwillinge liefen los.

»Hallo, Papa!«, riefen sie schon von Weitem. »Was machst du da?«

Mürrisch sah Herr Kuchenbrand seine Kinder an. »Wonach sieht es denn aus?«, fragte er.

»Es sieht so aus, als wolltest du den Mann an der Jacke von der Leiter ziehen.«

»Stell dir vor, genau das wollte ich. Leider kann ich ihn nicht wieder loslassen. An seiner Jacke muss ein ganzer Haufen Atomkleber sein. Also, worauf wartet ihr? Fasst mit an und helft mir ziehen!«

Lea und Luis rührten sich nicht von der Stelle.

»Es ist die Schuld von Herrn Kümmerling, dass ihr alle an dem Baum klebt«, erklärte Lea.

»Meine Schuld …? Pass mal auf, du freche Göre …!«, brauste Herr Kümmerling hoch oben in der Baumkrone auf.

Aber Lea fuhr unbeirrt fort. »Erst wenn er das Rezept, das er uns gestohlen hat, wieder herausgibt und erst wenn er dich wieder in seiner Bäckerei einstellt … erst dann wird der Baum alle wieder loslassen.«

»Wie bitte, der Baum wird uns loslassen? Willst du mir erzählen, das hier ist Zauberei? Nicht mit mir, junge Dame! Das ist keine Zauberei, sondern Erpressung, und darauf steht Gefängnis!«, zeterte Herr Kümmerling.

Lea zuckte mit den Schultern. »Sie können es sich

überlegen. Entweder Sie stellen meinen Papa wieder ein, oder Sie bleiben da oben kleben.«

»Moment!«, protestierte nun auch Herr Kuchenbrand. »Da habe ich wohl auch ein Wörtchen mitzureden! Ich verstehe zwar nicht, was hier vor sich geht, und ich will auch nicht länger an diesem Kerl kleben, aber zurück in die Bäckerei … um für diesen … diesen Hampelmann zu arbeiten, das will ich ganz bestimmt nicht.«

Überrascht sahen ihn die Kinder an. Herr Kuchenbrand schwieg. Plötzlich breitete sich ein Lächeln auf seinem Gesicht aus. »Mir kommt da gerade eine Idee«, sagte er. »Ich möchte zwar ganz sicher nie wieder für Herrn Kümmerling arbeiten, aber das Backen hat mir immer Spaß gemacht. Wie wäre es, wenn wir unsere eigene kleine Bäckerei eröffnen? Genau hier im Müllerhaus. Dazu ein kleines Café, in dem wir unsere Gäste mit selbst gebackenem Brot und leckeren Kuchen bewirten …« Begeistert sah Herr Kuchenbrand seine Kinder an. Für einen Moment vergaß er sogar die missliche Lage, in der er sich befand.

»O ja!«, jubelten Lea und Luis.

»Allerdings hat die Sache einen Haken«, fuhr Herr Kuchenbrand fort. »Mir fehlen so wichtige Dinge wie ein geeigneter Backofen und eine Knetmaschine. Aber vielleicht können Sie da aushelfen, Herr Kümmerling. Wie wäre es, wenn Sie mir die Geräte, die Sie bei der Modernisierung ausrangiert haben, zur Verfügung stellen?«

»Das könnte Ihnen so passen!«, schnauzte Herr Kümmerling. »Ich soll Ihnen Backofen und Knetmaschine schenken, damit Sie mir Konkurrenz machen ... Das fällt mir überhaupt nicht ein.«

»Tja, dann werden Sie wohl noch eine ganze Weile dort kleben ...«, meinte Luis.

»Das ist Erpressung!«, versuchte es Herr Kümmerling erneut.

»Jetzt sei nicht so geizig, Kurt!«, schimpfte Frau Kümmerling. »Ich will hier endlich weg, und du brauchst diese Maschinen doch sowieso nicht mehr!«

Herr Kümmerling holte tief Luft. »Wie soll sich ein ehrlicher Bäcker gegen so ein kriminelles Verhalten wehren?«, jammerte er, dann lenkte er ein. »Also gut. Sie bekommen den Ofen und die Knetmaschine, Kuchenbrand. Zufrieden?«

»Und das Rezept«, verlangte Luis.

»Und das Rezept«, gab Herr Kümmerling nach.

»Wehe, wenn nicht. Dann kleben Sie nächstes Mal

in Ihrer Backstube fest!«, sagte Lea. Eine kleine Drohung konnte nicht schaden, fand sie. Denn sie war sich nicht sicher, ob man Herrn Kümmerling trauen konnte.

»Ich gebe euch mein Ehrenwort. Ihr bekommt, was ihr verlangt«, knirschte Herr Kümmerling.

Kaum hatte er die Worte ausgesprochen, da löste sich der Zauber, und die Menschen, die an dem Baum festgeklebt waren, konnten sich wieder bewegen. Herr Kümmerling und seine Komplizen stiegen schnell von ihren Leitern und hatten es sehr eilig, aus dem Garten zu verschwinden.

»Ich bin gespannt, ob er sein Versprechen hält«, sagte Luis.

Zur Zaubermühle

Herr Kümmerling hielt sein Versprechen. Zu tief saß wohl die Angst, tatsächlich in seiner eigenen Backstube kleben zu bleiben.

Noch am selben Nachmittag fuhr ein Transporter der Bäckerei vor, und der Fahrer lud die versprochene Knetmaschine und den alten Backofen aus.

Bei den Kuchenbrands war die Freude riesengroß. In Windeseile wurde die Mahlstube der Mühle als Backstube eingerichtet. Das Erste, was die Kuchenbrands in ihrem neuen Backofen backten, waren die eigenen Brötchen. Sie schmeckten herrlich, was nicht weiter verwunderlich war, denn die Eier für den Teig hatten Nofretete und Co. spendiert. Später packten die Kinder ein paar Brötchen ein und stiegen hinauf zu Petronellas Apfel.

»Nun mach schon auf, Petronella!«, rief Luis und klopfte ungeduldig an die Tür. »Wir haben ein Geschenk für dich.«

Sofort flog die Tür auf. »Habe ich richtig gehört? Ihr habt ein Geschenk für mich? Ich liebe Geschenke!«

»Dann mach mal Platz und lass uns herein«, drängelte Lea. »Es ist nämlich ein ziemlich leckeres Geschenk. Und es ist sogar noch warm.«

»Du musst raten«, verlangte Luis.

»Warm und lecker, sagst du? Was kann das sein?« Petronella rieb sich die Nase. »Ist es vielleicht eine Portion Grünkohl mit Speck?«

Die Kinder lachten. »Falsch!«

»Falsch?! Unmöglich, ich irre mich nie.«

»Du musst logisch denken, Petronella«, half Lea nach.

»Gut.« Petronella sah die Kinder listig an. »Ist es knusprig und ungefähr so groß wie meine Hand?«

Die Kinder nickten.

»Und duftet es vielleicht ganz besonders lecker?«

Wieder nickten die Kinder.

»Schmeckt darauf am allerbesten Erdbeermarmelade?«

Jetzt lachten die Zwillinge.

»Dann sind es womöglich eure ersten selbst gebackenen Brötchen?«

»Juhuuu, du hast es erraten!« – »Gib zu, du hast es gleich gewusst, oder?«

Petronella grinste. »Nein, ich schwöre! Es war gar nicht so einfach. Aber jetzt zeigt endlich mal, was ihr da gebacken habt!«

Danach saßen sie gemeinsam an Petronellas Küchentisch und ließen sich die Brötchen schmecken.

»Papa ist nicht mehr zu bremsen«, erzählte Luis. »In zwei Wochen will er schon die ersten Gäste bewirten. Und einen Namen für unser neues Café hat er sich auch schon ausgedacht. Es soll *Zur Zaubermühle* heißen. Denn Papa findet, dass es hier nicht mit rechten Dingen zugeht.« Die Zwillinge grinsten. Petronella schob sich den letzten Bissen in den Mund und lehnte sich genüsslich zurück. »So, dann ist nach langer Zeit also wieder etwas los im Müllerhaus. Und solange eure Gäste sich gut benehmen und den Apfelmännern und mir nicht zu sehr auf die Pelle rücken, bin ich damit auch einverstanden.«

Herr Kuchenbrand war tatsächlich kaum noch zu bremsen. Er ließ Handzettel drucken, auf denen er zur Eröffnung der Zaubermühle einlud, und verteilte sie in der ganzen Stadt. Außerdem verwandelte er die alte Mühle in eine Backstube und brachte sie auf Vordermann. Frau Kuchenbrand besorgte aus dem Bistro, in dem sie arbeitete, Tische und Stühle und lud den Reporter des Tagblatts ein, über die Zaubermühle zu berichten. Die Zeit bis zur Eröffnung verging wie im Flug.

Dann war es endlich so weit, und Herr Kuchenbrand war sehr nervös. Dabei lief alles bestens. Sogar das Wetter spielte mit. Die Sonne lachte von einem samtblauen Himmel, und das Thermometer kletterte noch einmal über zwanzig Grad.

Seit einer guten halben Stunde standen Lea und Luis in der Auffahrt und sahen gespannt die Straße hinunter. Sie warteten ungeduldig auf die ersten Gäste. Ihr Vater rechnete hauptsächlich mit Tagesausflüglern, doch bisher war nicht einmal der Schnürsenkel eines Wanderschuhs zu sehen.

»Nichts«, sagte Lea böse. »Dabei stand auf Papas Zettel, dass es um zwei Uhr losgeht. Wo bleiben die nur? Stell dir vor, es kommt keiner. Dann können wir unseren Kuchen alleine essen.«

»So ein Quatsch«, antwortete Luis. »Das ist doch keine Einladung zum Kindergeburtstag, zu dem du pünktlich sein musst. Es heißt nur, dass wir ab zwei Uhr geöffnet haben und dass jeder vorbeikommen kann!«

»Und das können sie allmählich wirklich mal. Es ist bald drei«, maulte Lea.

Da hörten sie plötzlich Motorengeräusche und sahen, wie ein alter Reisebus den Berg zur Mühle hinaufschnaufte. Der Bus wurde langsamer und setzte den Blinker: Er war randvoll mit Ausflüglern, die zur Zaubermühle wollten. Lea stieß ihren Bruder in die Rippen. »Die wollen zu uns! Los, wir sagen Mama und Papa Bescheid.« Sie sausten los. »Sie kommen!«, riefen sie schon von Weitem. »Ein ganzer Bus, vollgestopft mit hungrigen Gästen!«

Jetzt wurde auch Frau Kuchenbrand unruhig. »Paul, ist alles fertig? Die Kuchen und der Kaffee?«

»Beruhige dich, Schatz. Ich habe alles im Griff«, murmelte Herr Kuchenbrand nervös. »Mit einer ganzen Busladung habe ich allerdings nicht gerechnet.«

Derweil saß Petronella mit Lucius in der alten Weide und ließ munter die Beine baumeln.

»Hast du denn gar kein schlechtes Gewissen?«, fragte der Käfer vorwurfsvoll. »Schließlich sollte die Bustour in den Schlosspark von Schönhausen gehen und nicht ins Müllerhaus.«

Petronella winkte ab. »Reg dich nicht auf. Sieh nur, wie glücklich alle aussehen. Es weiß ja niemand, dass der Busfahrer unter Hypnose steht und nur deshalb hier abgebogen ist. Außerdem sind es nicht die einzigen Gäste. Dahinten kommen noch mehr, und mit denen habe ich nichts zu tun.«

Tatsächlich, es kamen noch mehr Gäste. Ein Auto nach dem anderen parkte an der Straße, und in der Schlehenhecke lehnten ein Dutzend Fahrräder.

Familie Kuchenbrand hatte alle Hände voll zu tun. »Wir haben keine Sitzplätze mehr«, flüsterte Frau Kuchenbrand ihrem Mann im Vorbeigehen zu. »Einige Gäste sitzen schon im Gras.«

Herr Kuchenbrand kratzte sich am Kopf. Mit so viel Zulauf hatte er nicht gerechnet. Es waren nicht nur zu wenige Stühle, er hätte auch dreimal so viel Kuchen backen müssen. Im Laufschritt bedienten seine Frau und die Kinder die Gäste, und ein Ende war nicht abzusehen. Das hieß, es war schon abzusehen, denn wenn der Kuchen aufgegessen war, mussten sie die Leute wieder nach Hause schicken. Welch eine Katastrophe! Auch Lea und Luis bemerkten, was los war. »Wir müssen Petronella um Hilfe bitten«, flüsterte Luis seiner Schwester zu.

»Nicht nötig, sieh mal, wer da kommt«, flüsterte Lea zurück.

Und tatsächlich. Im selben Moment betrat Petronella den Cafégarten. Doch wie sah sie aus? Sie trug ein zitronengelbes Kostüm, auf dem sich ein paar Nilpferde tummelten, und einen riesigen rosa Hut mit einer breiten Krempe.

»Pssst … ich bin's«, zischelte sie unnötigerweise und sah sich unauffällig nach allen Seiten um. Dann ließ sie – zack – einen Tisch und einen Stuhl erscheinen und setzte sich.

»Petronella!« Sofort waren die Kinder bei ihr.

»Nicht so auffällig!«, warnte die Hexe. »Ich muss mich erst einmal umsehen. Es kommt nicht so oft vor, dass ich ein Café besuche.«

»Hast du dich verklei…?« Lea stieß ihren Bruder warnend an.

Eine Weile ließ Petronella ihren Blick schweifen, dann widmete sie sich wieder den Kindern. »Und? Wie gefalle ich euch?«

»Du siehst irgendwie …«, versuchte es Luis. Wieder gab ihm Lea einen warnenden Stoß.

»Interessant aus«, sagte sie schnell.

Petronella nickte ihr freundlich zu. »Hier ist ja eine ganze Menge los«, stellte

sie dann fest. »Die Leute rennen euch ja fast das Haus ein.«

»Stimmt«, bestätigte Luis. »Und sie essen wie die Heuschrecken. Uns fehlen Tische und Stühle und Kuchen. Wenn nicht gleich ein Wunder geschieht, müssen wir alle wieder nach Hause schicken.«

»So weit darf es nicht kommen«, erwiderte Petronella lächelnd. »Dann wollen wir dem Wunder mal nachhelfen. Passt auf!« Petronella verschwand hinter dem nächsten Busch und ließ ihren Zauberstab aus dem Ärmel gleiten. »Zirrbli, zurrbli – hierher zur Schenke, eilt herbei, ihr Tische und Bänke! Kaffee und Kuchen schließen sich an. Heut reicht das Gebäck für jedermann.« Sie grinste in die Runde.

Einen Wimpernschlag später standen ausreichend Tische und Bänke zur Verfügung, und auch das Kuchenbuffet im Haus hatte sich schlagartig aufgefüllt.

Herr Kuchenbrand kratzte sich heute schon zum zweiten Mal am Kopf. »Plötzlich sind genügend Tische und Bänke da!«, sagte er ganz verwirrt zu seiner Frau. »Die Torten haben sich auch vermehrt!«, stellte Frau Kuchenbrand fest. Ungläubig sahen sie sich an. »Ich sag's dir. Irgendetwas stimmt hier nicht«, murmelte Herr Kuchenbrand. »Was ist das eigentlich für eine Frau, mit der sich die Kinder unterhalten?«, wollte Frau Kuchenbrand wissen. »Sie sieht irgendwie … seltsam aus!«

Zusammen traten die Kuchenbrands an Petronellas Tisch. »Hallo, Mama, Hallo, Papa, darf ich euch Frau Apfelmus vorstellen?«, fragte Lea.

Die Eltern sahen sich an. »Frau Apfelmus?«

»Dann sind Sie unsere Nachbarin, der wir das zauberhafte Apfelkuchenrezept zu verdanken haben?«, fragte Frau Kuchenbrand.

»Und nicht nur das«, murmelte Luis.

»Ich freue mich, sie endlich einmal kennenzulernen.« Herr Kuchenbrand ergriff Petronellas Hand und schüttelte sie wie einen Pumpschwengel. »Sie ahnen ja nicht, was wir diesem Rezept alles zu verdanken haben. Man könnte beinahe sagen: Ohne dieses Rezept hätte es die Zaubermühle nicht gegeben.«

»Tatsächlich?« Petronella tat erstaunt.

»Aber das ist eine lange Geschichte«, fuhr Herr Kuchenbrand fort.

»Die Sie mir gern ein anderes Mal erzählen können«, sagte Petronella milde. »Denn ich glaube, es wartet noch viel Arbeit auf Sie.«

Herr Kuchenbrand sah Petronella freundlich an. »Sie haben recht. Heute ist ein schlechter Zeitpunkt für lange Geschichten, aber vielleicht besuchen Sie uns einmal.«

»Ja, bitte besuchen Sie uns recht bald«, bat auch Frau Kuchenbrand, bevor sie zum nächsten Tisch eilte.

»Du scheinst einen guten Eindruck auf sie gemacht zu haben«, sagte Lea.

»Kunststück, so elegant, wie sie aussieht …«, lachte Luis. Lea sah ihn warnend an.

»Das Kompliment kann ich locker zurückgeben«, erwiderte Petronella geschmeichelt. »Ihr macht das ganz prima.«

»Sollen wir dir ein Stück Kuchen bringen?«, fragte Lea.

Aber Petronella schüttelte den Kopf. »Vielleicht ein anderes Mal. Ich habe den Apfelmännchen versprochen, heute noch bei ihnen vorbeizuschauen. Sie haben mich nämlich als Spion geschickt, denn sie wissen noch nicht, was sie von diesem Trubel halten sollen. Also kümmert euch nicht um mich, sondern lauft und helft eurer Mutter. Wenn ihr mögt, sehen wir uns morgen wieder.«

Lea und Luis sausten los.

Kürbiskopf und Lichterschimmer

Petronella passte einen günstigen Moment ab und verschwand unbemerkt in ihrem Garten. Hinter der Rosenhecke hörte man die Stimmen der Besucher nur noch ganz leise. Schnell lief sie zu Gurkenhuts Baum und schüttelte die Apfelkerne in ihrer Manteltasche. Augenblicklich schrumpfte sie auf Apfelhexengröße.

Ein tiefes Brummen kündigte Lucius an. Hastig zog Petronella den Kopf ein. Trotzdem streifte der Hirschkäfer sie mit seinem Bauch. »Meine Güte! Lucius, willst du mich erschlagen?«

»'tschuldigung, ich habe dich durch den Garten gehen sehen und bin hinter dir hergeflogen.«

Petronella rückte ihren Hut zurecht und klopfte an die Tür. Wenig später wurde geöffnet.

»Ah, da bist du ja endlich.« Gurkenhut stutzte. »Du siehst etwas … seltsam aus«, fand er.

»Seltsam??? Ich sehe nicht seltsam aus, sondern interessant. Aber das kann ein Apfelmann wohl nicht wissen«, sagte Petronella schnippisch und trat ein. Im Wohnzimmer warteten bereits die anderen Apfelmännchen auf ihren Bericht. Eilig rückten sie zusammen und ließen Petronella zwischen sich auf dem Sofa Platz nehmen.

»Und nun erzähl uns, was du von dem Café in der Mühle hältst«, forderte Rübenbach sie ungeduldig auf. »Können wir es in unserer Nachbarschaft dulden? Oder müssen wir schweres Geschütz auffahren, um seine Besucher zu vertreiben?«

»Eine kleine Springflut aus dem Mühlteich könnte ich mir gut vorstellen«, kicherte Spargelzahn. »Dann können die Gäste mit den Kuchen um die Wette schwimmen.«

Petronella legte Spargelzahn beruhigend die Hand auf seinen dünnen Arm und schüttelte den Kopf. »Ich kann dich beruhigen, Spargelzähnchen. Wir können das Café in der Nachbarschaft sehr gut vertragen. Das Leben und der Trubel werden uns guttun. Es ist viel lustiger, einmal etwas anderes zu sehen als Apfelbäume, Löwenzahn und eine stillgelegte Mühle. Außerdem sind die Kuchenbrands nette Leute. Besser hätten wir es gar nicht treffen können.«

Die Apfelmännchen atmeten erleichtert auf und brummten zustimmend. »Da hast du sicher recht. Es gibt eine ganze Menge zu gucken. Wir haben heute

Nachmittag mehr Menschen gesehen als in der gesamten letzten Woche.«

»Was haltet ihr davon, wenn wir den Kuchenbrands und ihren Gästen zum Abschluss noch ein kleines Schauspiel bieten?«, fragte Petronella in die Runde. »Quasi als kleinen Willkommensgruß für das neue Café?« Sie lächelte listig.

Die Apfelmännchen nickten und grinsten breit, sie liebten Petronellas Ideen.

»Dann kommt mit in den Garten. Wir treffen uns unter der alten Weide!« Petronella und Lucius rauschten bereits davon, und die Apfelmännchen machten sich eilig auf den Weg. Drei Minuten später saßen sie gut versteckt Seite an Seite auf einem dicken Ast hoch in der Weide. Von hier oben hatte man einen ausgezeichneten Blick über das Café. Obwohl es bereits dunkel war, saßen noch eine Menge Gäste an den Tischen. Inzwischen bestellten sie zwar Cola und Bier statt Kaffee und Kuchen, nach Hause wollte jedoch noch niemand.

»Zaubermühle«, las Petronella noch einmal laut. »Dann wollen wir dem Namen mal alle Ehre machen! Seid ihr bereit?« Lucius und die Apfelmännchen nickten. Petronella stand auf, zückte ihren Zauberstab und ließ ihn kreisen, bis aus seiner Spitze Sterne sprühten.

»Steigt empor aus euren Beeten, Kürbisköpfe, angetreten. Gruselfratzen, Lichterschimmer, Spukgestalten immer schlimmer. Durch den Garten sollt ihr zieh'n, denn schon bald ist Halloween!«

Sogleich stiegen erleuchtete Kürbisse aus den Beeten auf und schwebten dicht über dem Boden durch den dunklen Garten. Luis sah sie zuerst. Aufgeregt winkte er seine Schwester heran. »Ich glaube es nicht«, flüsterte er. »Guck mal, was da aus dem Garten kommt.«

Lea drehte sich um und schrie kurz auf. So sehr hatten die erleuchteten Fratzen sie erschreckt. Nun wurden auch die anderen Gäste auf das Schauspiel aufmerksam. Manche sprangen auf und wollten weglaufen. Andere sahen den Kürbissen mit offenen Mündern entgegen.

Luis flitzte ins Haus und holte seine Eltern. »Da draußen passiert etwas, das ihr euch unbedingt ansehen müsst!«, rief er und war schon wieder im Garten.

Herr und Frau Kuchenbrand staunten nicht schlecht. Die Kürbisse hatten jetzt das Café erreicht und stiegen hoch in die Luft. Huuuiii und Hoooooo klang es dumpf, so als würde der Wind durch ihre hohlen Köpfe streichen.

»Aaaaah!«, riefen die Gäste und applaudierten. Nun wurden Tische und Bänke nicht mehr von winzigen

Teelichtern erleuchtet, sondern stattliche Kürbisse sorgten für einen geheimnisvollen Schimmer.

»Donnerwetter, den Trick müssen Sie mir verraten«, sagte der Mann von der Presse und zückte seinen Notizblock.

Herr Kuchenbrand versuchte, so auszusehen, als sei es das Normalste der Welt, dass aus seinem Garten beleuchtete Kürbisse aufstiegen. Jetzt fingen die Dinger auch noch an zu kreisen. Er räusperte sich. »Na ja, bald ist Halloween, und da dachte ich, es wäre … eine nette Überraschung …« Herr Kuchenbrand kam ins Stottern.

»Das ist es wirklich!«, rief eine junge Frau. »Dieses Lokal müssen wir uns merken, oder, Kinder?« Die Kinder nickten und starrten andächtig auf die flackernden Kürbisse, die da oben in der Luft hingen.

Frau Kuchenbrand trat dicht an ihren Mann heran und hakte sich bei ihm ein. »Ich glaube, wir haben mit der alten Mühle gleich einen guten Geist dazubekommen«, sagte sie.

»Dann lag ich mit dem Namen Zaubermühle ja goldrichtig«, schmunzelte Herr Kuchenbrand. »Könnte unsere geheimnisvolle Nachbarin etwas damit zu tun haben?«

Frau Kuchenbrand lächelte. »Das werden wir hoffentlich bald herausbekommen.«

Lea und Luis ahnten, wo Petronella sich versteckte. Es dauerte nicht lange, da hatten sie die Apfelhexe und ihre Freunde in der alten Weide entdeckt. Schnell sah Lea sich nach allen Seiten um. Dann winkte sie zu Petronella hinauf. »Vielen Dank für die Kürbisse! Die sind sooo schön, so gruselig und romantisch …«

»Ich finde es cool«, sagte Luis. »Übrigens, an Halloween will ich als Skelett gehen. Meinst du, du könntest vielleicht …«

Petronella grinste. »Da lässt sich sicher etwas machen.« Dann kletterte sie auf Lucius, winkte den Kindern zum Abschied und flog über den dunklen Garten davon.

Sabine Städing wurde 1965 in Hamburg geboren und hat sich schon als Kind gerne Geschichten ausgedacht. Nach ihren drei Büchern rund um die Hexe Magnolia hat sie jetzt das erste Abenteuer aufgeschrieben, das die kleine Hexe Petronella Apfelmus zusammen mit ihren Freunden erlebt. Die Autorin sitzt schon an der Fortsetzung der Reihe.

SaBine Büchner, geboren 1964 in Wuppertal, arbeitete als Sozialpädagogin in einem Kinderheim, bevor sie Kommunikationsdesign in Wuppertal und Animation an der Hochschule für Film und Fernsehen in Babelsberg studierte. Sie hat zahlreiche Bücher illustriert und auch eigene Bilderbücher veröffentlicht. Ihre Arbeiten wurden bereits mit verschiedenen Preisen ausgezeichnet.

Leseprobe

Für mutige Geisterjäger ab 10 Jahren.

Achtung: In der folgenden Leseprobe
kann es gruselig werden!

Sabine Städing

Johnny Sinclair – Beruf: Geisterjäger

Band 1

Mit Illustrationen von Mareikje Vogler

ISBN 978-3-8339-0467-7 € 12,00 [D], € 12,40 [A], sFr 16,50 [CH]

»Wie es aussieht, hast du ein ganz massives Flatterlaken-Problem«, knurrte der Schädel.

Moment mal! Seit wann können Schädel knurren? Dem 12-jährigen Johnny läuft es kalt den Nacken runter, als ihn der Totenkopf anquatscht, den er im Moor gefunden hat. Als hätte er mit dem zickigen Geistermädchen und dem grölenden Highlander auf seiner Burg nicht schon genug Spuk am Hals! Doch der Totenkopf entpuppt sich als Profi in Sachen Gruselbekämpfung und hilft Johnny dabei, der mutigste Geisterjäger zu werden, den die Welt je gesehen hat!

Von *John Sinclair-Erfinder* Jason Dark empfohlen

6. Kapitel

Ein sensationeller Fund

Ein leichter Wind war aufgekommen und trieb die Nebelschwaden auseinander. Hier und da blitzten sogar ein paar Sonnenstrahlen durch die Zweige, bevor sie wieder hinter dunklen Wolken verschwanden.

Johnny stand noch immer neben dem Stamm der Birke, hinter der er sich versteckt hatte, und sah sich aufmerksam um. Irgendjemand hatte ihm gerade das Leben gerettet. Doch weit und breit war niemand zu sehen. Da fiel sein Blick auf ein seltsames

Etwas. Es lag direkt vor ihm, im schwarzen Wasser des Moores. Zuerst dachte er, es wäre die Hälfte eines kaputten Fußballs. Doch dafür war es nicht groß genug. Das, was vor ihm lag, hatte eher die Größe einer Kokosnuss.

Johnny kam aus seinem Versteck und trat vorsichtig an den Rand des Moorlochs.

»Wow!«, entfuhr es ihm. Denn die Kokosnuss war bemalt. Trotz der dunklen Färbung konnte man deutlich verschiedene Muster und Zeichen darauf erkennen. Johnny schnappte sich einen abgebrochenen Ast und zog das seltsame Ding zu sich heran. Ein Totenschädel grinste ihn aus leeren Augenhöhlen an.

Blubb, machte es, und der Schädel drohte wieder im Moor zu versinken. Blitzschnell packte Johnny zu und warf das Ding neben sich ins Gras. Beeindruckt pfiff er durch die Zähne. Wenn ihn nicht alles täuschte, hatte er gerade einen archäologischen Fund gemacht.

»Späte Bronzezeit, würde ich sagen«, murmelte er.

Einen winzigen Augenblick überlegte Johnny, ob er seinen Fund melden sollte. Doch schnell verwarf er den Gedanken wieder. Von seinen Eltern wusste er, was für ein Rummel jedes Mal losbrach, wenn solche Dinge entdeckt wurden. Archäologen würden sich der Sache annehmen und nicht eher ruhen, bis sie das ganze Moor umgegraben hätten. Zu guter Letzt würde sich der Schädel im Heimatmuseum von Blacktooth zu einem Dutzend ähnlicher Funde gesellen.

Johnny beschloss, das Prachtstück für sich zu behalten. Vielleicht konnte er Russell damit erschrecken, wenn er das nächste Mal zu Besuch kam. Außerdem wäre es cool, so einen Schädel im Regal stehen zu haben.

Er wickelte den Fund in seine Jacke und stopfte beides in den Rucksack. Aufmerksam sah er sich um und lauschte, bevor er die Insel wieder verließ. Alles war ruhig. Das Monstertier war nirgends zu sehen. Vorsichtig tastete sich Johnny zurück durch das Moor und stand wenig später auf der Straße nach Inverness. Er beschloss, auch Cécile nichts von seinem Fund zu erzählen. Womöglich verlangte sie, dass er ihn herausrückte, um ihn dann selbst für irgendeinen Zauber zu benutzen.

Johnny flog beinahe nach Hause, so sehr freute er sich darauf, seinen Schatz ganz genau unter die Lupe zu nehmen. Er wollte gerade die große Treppe hinauf in sein Zimmer sprinten, als ihm Cécile entgegenkam. Sie war wie immer bunt gekleidet und hielt eine mit Fell bespannte Trommel in den Händen.

»Wo um Himmels willen hast du gesteckt?«, polterte sie statt einer Begrüßung. Das tat sie immer, wenn sie sich Sorgen machte.

»Ich habe mir Sorgen gemacht. Die Milchsuppe da draußen ist fürchterlich. Manchmal frage ich mich, ob Schottland auch etwas anderes als Nebel produzieren kann. In Haiti nennen wir Nebel den Atem der Butas. Die Biester können sich zu Dutzenden darin verstecken, ohne dass irgendjemand sie bemerkt.«

»Dann habe ich vermutlich gerade so einen Buta getroffen«, sagte Johnny.

Cécile sah ihn streng an. »Keine faulen Ausreden. Ich glaube nicht, dass du einem Buta begegnet bist. «

»Woher willst du das wissen?«

»Ganz einfach. Du wärst sonst nicht hier«, sagte sie.

»Wenn Butas schwarz sind und aussehen wie eine Mischung aus Bär und Wildschwein, bin ich sehr wohl einem begegnet«, beharrte Johnny. »Das Ding hat mich einmal quer durchs Churchmoor gejagt.«

Cécile zog die Augenbrauen zusammen. »Butas sind blau. Und du hast eine blühende Fantasie.« Sie sah auf die Uhr. »Ich habe noch ein paar Dinge zu erledigen, bevor die Fragenden hier sind. Wir sehen uns später.« Dann drehte sie sich noch einmal um. »Über das Churchmoor reden wir heute Abend!«

Johnny nickte und lief hinauf in sein Zimmer. Er war froh, Cécile so schnell losgeworden zu sein. Vorsichtig nahm er seinen Schatz aus dem Rucksack und legte ihn vor sich aufs Bett. Er lächelte zufrieden. Der Schädel war einfach perfekt. Sogar der Unterkiefer war noch erhalten, und den verloren sie meistens als Erstes. Außerdem war er über und über mit magischen Symbolen bemalt. Vielleicht sogar tätowiert. Genau ließ sich das nicht sagen, denn dafür war der Schädel einfach zu schmutzig.

»Ab in die Wanne mit dir«, murmelte Johnny und trug seinen Fund ins Bad.

Auf dem Flur vor seiner Tür herrschte ausnahmsweise einmal Ruhe. Die Geister von Greyman Castle hatten offenbar gerade was anderes zu tun.

Johnny ließ warmes Wasser in die Wanne laufen und gab reichlich Badeschaum dazu. Vorsichtig tunkte er den Schädel ein und fing an, ihn mit einer Nagelbürste zu bearbeiten. Da flutschte ihm der Schädel aus der Hand.

»He, halt still!«, murrte Johnny und bohrte seine Finger in die leeren Augenhöhlen.

Es war faszinierend. Die magischen Symbole wirkten geradezu lebendig. Sie hatten ihre geheimnisvolle Ausstrahlung über all die Jahre nicht verloren. Johnny beschloss, ihn nun doch seinen Eltern zu zeigen, vielleicht konnten sie das Geheimnis des tätowierten Schädels lüften.

Behutsam wollte er seinen Fund aus der Badewanne nehmen, da schlüpfte er ihm ein zweites Mal aus den Händen.

»Aaaaaah«, brummte der Schädel, und seine Kiefer klapperten genüsslich.

»Ääääääääh!«, schrie Johnny und machte einen Satz rückwärts. »Was zum Teufel?!«

Er konnte es kaum glauben: Der Schädel hatte gesprochen oder zumindest irgendwie gegrunzt!

»Das tut gut. Ist schon eine Weile her, seit ich mir das letzte Mal die Ohren gewaschen habe.«

Mit offenem Mund und großen Augen starrte Johnny auf

den Schädel, der im Wasser vor sich hin dümpelte und ein paar Schaumbläschen spuckte.

»Was guckst du so? Hast du noch nie einen badenden Mann gesehen?«, knurrte der Schädel.

Johnny wusste nicht, was er denken sollte. Sein Gehirn lieferte einfach keine brauchbaren Informationen. Außer dass er schon wieder an einen Geist geraten war.

»Och nee!!!«, rutschte es ihm heraus. »Nicht noch so ein dämlicher Geist!«

Der Schädel spuckte missmutig etwas braunes Wasser über den Wannenrand. »Was redest du da für einen Unsinn? Ich bin doch kein Geist! Oder glaubst du, dass Geister so aussehen?« Er klapperte selbstgefällig mit den Zähnen.

Johnny glaubte, dass Geister aussehen konnten, wie sie wollten. Er starrte den Schädel mit offenem Mund an. Seine Gedanken schlugen noch immer Purzelbäume. Er hatte seine Eltern lange genug auf ihren Reisen begleitet, um zu wissen, dass Totenschädel nicht einfach so sprechen konnten. Es sei denn, es handelte sich um sogenannte kreischende Schädel. Und das waren sehr unangenehme Gesellen. Sie bestanden darauf, über Jahrhunderte hinweg auf ihrem angestammten Platz zu bleiben. Versuchte man, sie von dort zu entfernen, starteten sie ihr nervenzerfetzendes Kreischen. Der Tinnitus war sozusagen vorprogrammiert. Kein Wunder also, dass sie mit dieser Masche immer wieder durchkamen.

Vorsichtshalber steckte sich Johnny die Finger in die Ohren.

»Wie heißt du?«, fragte er mit tiefer, beschwörender Stimme. Von Cécile wusste er, dass man Macht über magische Wesen erhielt, wenn man ihren Namen kannte. Das war zwar schon bei dem Geistermädchen in die Hose gegangen, aber Johnny fehlte schlicht die Idee, was er sonst tun sollte. »Nenne mir deinen Namen, oder …«

»Oder was?«, blubberte der Schädel in der Wanne.

»Oder ich werde dich vernichten!«, drohte Johnny. Das klang jetzt selbst in seinen Ohren lächerlich.

»Pah«, machte der Schädel. »Du … willst mich vernichten? Weißt du, was du bist, Johnny Sinclair?«

Johnny sah den Schädel mit aufgerissenen Augen an. Woher kannte er seinen Namen?

»Du bist ein Hosenscheißer. Ein Sockenfalter. Ein Schattenparker«, machte der Schädel munter weiter.

Und woher kannte er solche Ausdrücke?

Johnny starrte ihn verblüfft an. »W…Woher weißt du, wie ich heiße?«, stotterte er. Und hätte sich am liebsten sofort selbst eine Ohrfeige verpasst. Wie blöd musste man sein, dem Feind seinen eigenen Namen zu bestätigen?

»Hohoho«, lachte der Schädel prompt. »Du siehst deinen Urahnen sehr ähnlich, Johnny. Besonders dem alten Percival. Er hatte die gleichen großen Ohren wie du.«

»Ich muss kurz raus«, ächzte Johnny. Er brauchte frische

Luft. Er öffnete die Tür und schlug sie gleich wieder zu. Denn der Schwert schwingende Highlander stürmte gerade über den Flur, und sein Langschwert schlug Funken, wo immer es die Mauern berührte. Schwitzend sah Johnny sich um.

»Ist er ein Schmätzer, ein Heuler oder ein Klopfer?«, fragte der Schädel gelangweilt und drehte ein paar Pirouetten.

In Johnnys Kopf ging es drunter und drüber. »Woher soll ich das wissen?«, zischte er und fuhr sich verzweifelt durch die Haare.

»Bitte, keine dicken Kullertränchen. Ich hasse es, wenn Kinder diese Register ziehen. Hol mich einfach hier raus, dann sehe ich mir die Sache mal an.«

»Keine Sorge«, antwortete Johnny giftig. »Ich bin kein Baby mehr.« Er hob den Schädel trotzdem aus der Wanne und wickelte ihn in ein Handtuch. Dann öffnete er die Tür zum Flur.

»Arrrgh!«, zischte der Schwert schwingende Highlander schon wieder an ihnen vorbei. Er schien sich gerade warmgelaufen zu haben und war jetzt richtig in Fahrt.

Johnny zog den Kopf ein und hielt nur das Handtuch hinaus auf den Flur.

»Baaaaa! Biff bu berrückt!«, tönte es dumpf aus dem Frottee. »Bieh mich bofort burück!«

Johnny zog das Handtuch zurück ins Badezimmer und wickelte den Schädel aus. »Angst?«, fragte er hämisch. »Ist er ein Schmätzer, ein Heuler oder ein Klopfer?«, äffte er den Schädel nach. »Du bist ein ganz schöner Angeber!«

»Ich habe gesagt, ich werde mir die Sache ansehen. Ich habe nicht gesagt, bring mich um!«, blaffte der Schädel. »Du weißt schon, dass die Berührung mit einer Geistererscheinung Frostbeulen und schwere Schockzustände auslöst, oder? Mit einem Geisterschock ist nicht zu spaßen.«

Nein, das wusste Johnny nicht. Verblüfft sah er den Schädel an. »Du scheinst dich mit Geistern auszukennen.«

»Und du scheinst ein echtes Geisterproblem zu haben«, antwortete der Schädel herablassend. »Besser, wir verziehen uns an einen gemütlicheren Ort.«

»Ich bring dich zurück in mein Zimmer«, sagte Johnny und klemmte sich den Schädel samt Handtuch unter den Arm. Er sah hinaus auf den Flur, zählte bis drei und sauste los. Kurz vor seinem Zimmer blieb er abrupt stehen. »Cécile!«, japste er. Sein Kindermädchen stand mit einem Stapel Schmutzwäsche vor seiner Tür.

»Gut, dass du kommst. Mrs Adams will morgen waschen. Ich wollte dich gerade nach deiner Wäsche fragen.« Sie sah auf das Handtuch. »Das kannst du mir gleich mitgeben.«

»D...Das Handtuch, nein. Das ... brauche ich noch.«

»Wofür?« Cécile zog erstaunt die Augenbrauen hoch.

»Für ... Fürs Training. Die Workouts. Ähm. Ich komme dabei ganz schön ins Schwitzen«, stammelte er.

»Aaaach so!« Cécile glaubte ihm kein Wort, aber sie gab nach. »Wenn du also noch schmutzige Wäsche in deinem Zimmer findest, bring sie runter in die Waschküche. Die Kunden, die das Orakel befragen wollen, sind jeden Moment da.«

»Mach ich«, versprach Johnny und verschwand schleunigst in seinem Zimmer.

»War das eine Mama Benz?«, nuschelte der Schädel. Das Handtuch war ein wenig verrutscht und hatte ihm einen Blick auf Cécile erlaubt.

»Was? Nein, das war Cécile. Mein Kindermädchen.« Johnny legte das Handtuch auf sein Bett und wickelte den Schädel aus.

»Eine Mama Benz ist eine Kräuterkundige, die mit dem Voodoo-Kult ...«

»Woher weißt du das alles?«, fiel ihm Johnny ins Wort.

»Das ist eine lange Geschichte«, antwortete der Schädel.

Johnny setzte sich im Schneidersitz vor ihm aufs Bett. »Erzähl!«, sagte er. »Ich hab Zeit.«